メトーデ

健康監視国家

ユーリ・ツェー

浅井晶子 訳

Corpus Delicti
Ein Prozess
Juli Zeh

河出書房新社

メトーデ　健康監視国家　目次

メトーデ　健康監視国家

ベンへ

序文

健康とは、身体的、精神的、社会的いずれの面でもまったき状態のことである——すなわち単に病気でない状態とは一線を画する。

健康の定義は、あらゆる身体部位、器官、細胞の機能に問題がないこと、精神と身体とが調和のとれた状態にあること、生物学的エネルギーが阻害されることなく発揮され得ることである。健康な生命体は、その置かれた環境と機能的相互作用を及ぼしあう。健康な人間は常にすがすがしい気分で、活力に溢れている。そして身体機能への楽観的な信頼感と精神力を有し、内的に安定している。

健康とは静的状態ではなく、人間の自己自身に対する能動的働きかけを表す。健康は、最晩年にいたるまで長年にわたって日々維持、促進されねばならない。健康とは凡庸な状態ではなく、高度な規範であり、個人のたゆまぬ努力の結果である。意志の顕現であり、持続的な意志の強さの表れである。健康は、個人の完成を通して社会的共同生活の完成をもたらす。健康とは生への自然な意志の目的であり、それゆえ社会、法、政治の自然な目的なのである。健康であろうと努めない人間は、病を得るのではなく、すでに病んでいるのだ。

〔ハインリヒ・クラーマー著『国家の正当性の原則としての健康』(ベルリン、ミュンヘン、シュトゥットガルト　第二十五版)序文より抜粋〕

判決

メトーデの名において！
判決
刑事裁判

被告：ミーア・ホル（ドイツ国籍、生物学者）

罪状：反メトーデ的謀略

陪審裁判所第二法廷における公開裁判

参加者
1　裁判長
　陪審裁判所所長、法学博士エルネスト・フートシュナイダー
2　陪席裁判官
　陪審裁判所判事、法学博士ハーガー、シュトック

3　陪審員
A　イルムガルト・ゲーリング（主婦）
B　マックス・マーリング（販売員）
4　原告代理人
検察官ベル
5　被告代理人
弁護士、法学博士ルッツ・ローゼントレーター
6　裁判所記録係
司法補助官ダナー

判決

I　被告を反メトーデ的謀略の罪で有罪とする。本謀略の具体的内容はテロ戦争の準備である。被告は国家の治安を危険にさらし、薬物を不正に使用し、検査義務を拒否することで公共の利益を害した。
II　よって被告を無期限凍結の刑に処する。
III　訴訟手続き費用および必要経費は被告の負担とする。

理由は以下……

世紀半ばの白昼

互いに肩を並べ合ういくつもの町を、うっそうとした木々に覆われた丘陵地帯がぐるりと取り囲んでいる。かつて大量の汚染物質を排出することがこの星における自身の存在証明であると信じていた文明は、いまとなってはもはや送信塔の先端が指す柔らかな雲をその臭気によって灰色に染めることもない。あちこちに点在する湖は巨大な瞳のようで、葦《あし》の茂みのまつげに縁取られて、空を見上げている。水底《みなそこ》には、何年も前に閉鎖された砂利採取場と炭鉱が沈んでいる。湖からそれほど遠くないところにある閉鎖された工場群は、文化センターになっている。閉鎖された高速道路《アウトバーン》の一部や、閉鎖されたいくつかの教会の鐘楼が、絵のように美しいが滅多に人の訪れないこの屋外博物館の展示品だ。

ここにはもう悪臭を放つものはない。なにも採掘されず、煤《すす》も出なければ、破壊されるものも燃やされるものもない。安息を見いだした人類は、自然とも己自身とも闘うことをやめた。白い漆喰で塗られたサイコロ型の小さな家々が丘の斜面にぽつぽつと現れ、次々につながって、やがては段々畑状の住宅群に成長する。平らな屋根は地平線まで延々と広がり、空の青を映して、まるで動きを止めた大洋のようだ。なにしろ何百万枚もの太陽光パネルがぎっしりと並んでいるのだ。

あらゆる方角から、リニアモーターカーの設定路線がまっすぐに森を突っ切って集まってくる。すべての路線が出会う場所、太陽光を反射する屋根の海のど真ん中、つまり町の中心部、時は二十一世紀半ばの白昼――物語はそこで始まる。

地区裁判所の、ほかより長くのびた平屋根の下で、正義の女神ユスティティアは日常業務に従事している。頭文字FからHの和解審理が行われる20／09号室の気温は、空調によってきっちり十九・五度に保たれている。人間が思考するのに最適の気温だからだ。ゾフィは仕事には必ずカーディガンを持参する。刑事裁判の際には裁判官のローブの下にも着ているほどだ。右にはすでに処理済みの書類の山、左には未処理の書類の山。こちらの山のほうが少し小さい。ゾフィは裁判官ではあるものの、金髪を高いところでひとつに結んだ姿はいまだに、法学部の大講義室に座るかつての熱心な女子学生のままだ。いまゾフィは、鉛筆を嚙みながら壁のモニターを見ている。ふと「公共の利益の代理人」であるベルと目が合い、口から鉛筆を離す。この男ベルとは大学で一緒に学んだ仲だ。八年前から彼は、学生食堂で、汚染された異物との経口接触が原因となる咽頭腔感染について、こちらの神経が擦り切れるような演説をぶったものだった。そもそもこの国の公共の場所のどこに汚染されたものがあると言うのだろうか！

ベルはやや離れたところに、ゾフィと向かい合って座っている。彼の書類はデスクの大半を占領している。一方で「個人の利益の代理人」のほうは、共同デスクの短いほうのわきに追いやられている。公共の利益と個人の利益とは全体的に一致するものだという理念を強調するために、両者の代理人はひとつのデスクを共同で使っている。どちらにとってもかなり不便ではあるものの、美しい司法の伝統だ。ベルが右手の人差し指を立てると、モニターの画像が切り替わる。若い男性の姿が映し出される。

「軽犯罪」と、ゾフィは言う。「それとも、以前にもなにかやらかした？　前科は？」

「なにも」個人の利益の代理人であるローゼントレーターが急いで請け合う。感じのいい若者だ。戸惑ったときなどに片手で髪をかき回す癖があり、その後に飛び出した毛を、できるだけ目立たないように床に捨てている。

「つまり、今回一度きり、血液中のカフェイン量が規定を超えたということね」ゾフィは言う。「書面での警告で済ませる。それでいい？」

「もちろん」ローゼントレーターはそう答えて、公共の利益の代理人のほうに顔を向け、彼の反応を確かめようとする。ベルもうなずく。ゾフィは書類を左の山から右の山へと移す。

「さて、ふたりとも」ベルが言う。「次の件は、残念ながらそれほど簡単じゃない。特に君にとっては不愉快だろうな、ゾフィ」

「子供に関する事件？」

ベルが人差し指を上げ、壁のモニターの画像が切り替わる。中年の男性の写真が映し出される。全裸の全身像だ。前からと、後ろから。外からと、内から。レントゲン画像、超音波画像、脳の磁気共鳴画像。

「これが父親だ」と、ベルが言う。「ニコチンおよびエタノールの乱用で複数の前科がある。今日ここに送られてきたのは、乳幼児疾病早期発見法違反のためだ」

ゾフィの表情が苦しげになる。

「子供の年齢は？」

「十八か月。女児だ。父親は、G2とG5からG7段階の健康診断義務を怠った。それにもっと大きな問題がある。子供のスクリーニングがなされていない。だから脳障害の可能性が排除されていないし、アレルギー感度もわからない」

「怠惰にもほどがある！　どうしてそんなことに？」

「担当の公認医師は、子供に検査を受けさせる義務があると被告に何度も説いて、最後には監督官をつけた。そうしたら、だ――その監督官が被告の自宅に入ってみたら、子供はかわいそうに、すっかり養育放棄されていた。栄養不足で、神経症の下痢だった。文字どおり〈自分の糞にまみれて〉転がってたんだ。あと数日遅かったら、手遅れだったかもしれない」

「恐ろしい。まだ自分の面倒も見られない小さな子が！」

「この男は私生活に問題を抱えてる」ローゼントレーターが口を挟む。「シングルファザーだし、それに……」

「それはわかる。それでも、自分の子供にそんな仕打ち！」

ローゼントレーターは諦めたように腕をひらひらと振って、基本的にはゾフィと同意見だと示す。彼がちょうど腕を下ろしたとき、部屋のドアが開く。入ってきた男は事前にノックもしなかったし、余計な雑音を立てないようにしようという心遣いもないようだ。どこにでも入ることを許される男が持つ鷹揚な態度。お手本のごとくぴったり身体に合ったスーツを着ているが、同時に、真の優雅さには欠かせない適度の無頓着さも併せ持っている。髪は黒く、目も黒く、手足は長いがひょろひょろした印象はない。男の動きは、肉食獣の見せかけの落ち着きを思わせる。半分目を閉じて太陽の下に寝そべっていると思わせながら、次の瞬間には即座に攻撃を開始できる獣。ただ、この男ハインリヒ・クラーマーをよりよく知る者なら、彼の指先には落ち着きがないこと、その震えを本人がズボンのポケットに両手を突っ込んで隠そうとすることを知っている。外出時、クラーマーは白い手袋をつけている。その手袋を、いま外す。

「サンテ〔フランス語で「健康」の意。本作の世界では挨拶の言葉として使われる〕、皆さん」

アタッシェケースを訪問者用デスクの上に置くと、クラーマーは椅子を引き寄せて座る。

「サンテ、クラーマーさん！」ベルが言う。「また面白い話を追いかけているんですか？」

「第四権力の目は、決して眠らないものでね」

ベルは笑うが、クラーマーが冗談を言ったわけではないとわかって、真顔に戻る。クラーマーは身を乗り出すと、眉間に皺を寄せて、個人の利益の代理人を検分するような目つきで上から下まで眺めまわす。まるで彼の姿がよく見えないかのように。

「サンテ、ローゼントレーター」クラーマーは言う。母音をひとつひとつ強調しながら。

話しかけられたローゼントレーターはそっけなく挨拶を返すと、視線を書類へと逃がす。クラーマーはズボンの折り目をつまんで直し、脚を組んで、人差し指を頬に当てると、その姿勢で、目立たず話に耳を傾ける人間になろうと努めるが、クラーマーほどの大物にはそれはとても不可能な相談だ。

「この件に戻りましょう」ゾフィはことさらプロフェッショナルな口調を心がける。「公共の利益の代理人の提案は？」

「三年」

「それは少し厳しいな」ローゼントレーターが言う。

「そんなことはない。この男に、娘の命を危険にさらしたんだとわからせなければ」

「では妥協案ということで」ゾフィは素早く割って入る。「二年間の保護観察処分。自宅に住み続けることは許可する。娘には医療上の代理人をつける。父親には医学と衛生学の講習を義務付ける。これで子供に危険が及ばないことは保証されるし、父子の家庭には再度チャンスが与えられる。どう思う？」

「こちらもまさにそれを提案しようと思ってた」ローゼントレーターが言う。

「素晴らしい」ゾフィは微笑み、ベルに向かって言う。「三年の懲役に対するそちらの根拠は？」

「医学的および衛生学的予防措置の軽視は、子供の健康を危険にさらす行為だ。親権には子供を害する権利は含まれていない。法的には、自覚的に危険を許容することは意図的に苦痛を与えることと同義だ。それゆえ三年の量刑は重傷害罪を基準にした」

ゾフィはメモを取る。

「言い分はうかがいました。本件は解決」ゾフィはそう言って、書類を右側に移す。「これでこの件が最良の結末を迎えることを期待しましょう」

クラーマーが脚を組みかえ、その後また動きを止める。

「じゃあ、次に行こう」ベルが人差し指を上げる。「ミーア・ホル」

モニターに映し出された女性は、四十歳にも二十歳にも見える。生年月日から、たいていの場合と同様、真実は両極のほぼ中間にあることがわかる。女性の表情には、この場にいる全員の顔と同じ、独特の清潔感がある。どこか年齢を超越した、無垢で、子供のようだとさえ言える雰囲気。これまでの一生、痛みを知らずに生きてきた人間の表情だ。モニターのなかのミーアは、人を信じ切った目でこちらを見ている。彼女の裸体は細いが、その鋼のような体形は高い抵抗力を示している。

クラーマーが姿勢を正す。

「これも微罪ね」ゾフィは新しい書類に目を通して、あくびをかみ殺す。

「もう一度名前を」そう言ったのはクラーマーだ。決して大きくはないのに、その声にはその場のあらゆるものの動きを止める力がある。三人の法律家は驚いて顔を上げる。

「ミーア・ホル」ゾフィは言う。

蠅を追い払うかのように腕をさっと動かして、クラーマーはゾフィ判事に審理を続けるよう促す。同時にポケットから電子手帳を取り出して、メモを取り始める。ゾフィとローゼントレーターは素早く視線を交わす。

「罪状は？」ゾフィは訊く。

「報告怠慢」ベルが言う。「今月の睡眠報告および栄養摂取報告が提出されていない。それに運動記録も突然途絶えている。自宅での血圧測定および尿検査も実施されていない」

「総合データを見せて」

ベルが手を振ると、モニターに長いリストが現れる。血圧、カロリー消費および新陳代謝に関する情報、さらに運動量などを示すグラフ。

「体調は良さそうだけど」ゾフィは言う。ローゼントレーターにとってはそれがキーワードとなる。

「犯罪歴はない。彼女は優秀な生物学者で、経歴も理想的だ。身体的にも社会的にも病の兆候は一切ない」

「パートナーシップ仲介センターにはもう申請済み？」

「いまのところ、まだセンターへの申請はない」

「難しい時期よね。そうでしょ、男性陣？」ゾフィは、ベルの苦々しげな顔とローゼントレーターのぎょっとした顔を見て笑う。「今回はまあ警告は見送って、支援を提案するのはどうかしら。啓発のための面会を設定しては？」

「こちらはそれで構わない」ベルが肩をすくめる。

「難しい時期、ね」クラーマーが微笑みながら電子手帳になにやら打ち込む。「そういう表現の仕方もありますね」

「この被疑者をご存じなんですか？」ゾフィは友好的に尋ねる。

「私は裁判所の謙虚さを高く買っているんだがね」魅力的な皮肉の笑みをたたえて、クラーマーはゾフィにウィンクする。「あなたもこの被疑者には一度会ったことがありますよ、ゾフィ。まったく別の状況下でとはいえ」

ゾフィは考えこむ。すでに肌が健康的に日焼けしていなければ、赤くなったのがわかるところだ。

クラーマーは電子手帳をしまいこむと、立ち上がる。

「もう終わりですか？」ベルが訊く。

「その逆ですよ。始まったところです」

クラーマーが別れの挨拶に手を振り、部屋を出ていくと、ゾフィは手元の書類を閉じて、新しいものを手に取る。

「じゃあ、次」

「子供部屋から聞こえてきたのよ！　こんな感じの音が！」リッツィは階段の手すりから手を放して前かがみになると、大げさにくしゃみの真似をする。「ハークション！　ハークション！」

「まさか」ポルシェはあたりを見回す。まるでたったいま階段の幽霊が目の前を通り過ぎたかのような目つきで。「それってまるで……」

「はっきり言っちゃって！」

「まるでくしゃみみたい」

「そう、そうなのよ！　それが子供部屋から聞こえたの！　私、もう大慌てで駆けつけたわよ」

「くだらない！」その場にいる三人目の女ドリスは、若木のようにすらりと背が高いが、やはり若木と同じで女性らしい丸みがない。のっぺりした顔が、白衣の襟の上に危ういバランスで載っている。大きな瞳に、目の前の相手の姿が映る。たとえそばかすがなかったとしても、彼女のような少女が成人だと信じるのは難しい。

「なにがくだらないのよ？」ポルシェが訊く。

「風邪は二〇年代にもう根絶されてるじゃない」

「さすが頭の回転が速い人は違うわ」リッツィが呆れた顔で天を仰ぐ。

「最近また警告が出たでしょ」ポルシェが囁く。

「ほらね、ドリス、ポルシェは〈健康的人間理性〉をちゃんと読んでるんだから。ま、話を戻すとね、私もう心臓が口から飛び出るかってくらい怖くて、ドアをばっと開けたのよ。そうしたら、なにを見たと思う？　うちの娘がね、ウテのところの子供と一緒に床に座りこんで、胡椒の袋に鼻を突っ込んでるの。で、世界チャンピオンかって勢いでくしゃみしてるわけ」

「お医者さんごっこだったのか！」ポルシェが笑い始める。

「で、娘さんが患者役だったわけね」ドリスも笑う。

「そうなのよ。で、恐怖のあまりほんとに病気になりそうだったのが、この私ってわけ」

三人は仲良く肩を寄せ合っている。まるで仲良く肩を寄せ合っていた昨日、一昨日、それ以前の毎日を再現するかのように。同じ光景の繰り返しは未来にまでのびている。リッツィは消毒機のホースに肘を突き、ポルシェは細菌測定器にもたれ、ドリスは両腕を階段の手すりに置いて。そのとき建物の玄関ドアが開いて、三人ともぴたりと口を閉じる。またただ——黒いスーツの男。顔の下半分は白い布で覆われているが、それでもその瞳から発せられる視線で、男がどれほど美しいかがわかる。

「サンテ！　よい一日を、皆さん」

「よい一日っていうのは」リッツィが言って、片脚に体重を移し、突き出した腰に手を当てる。

「よい一日っていうのは、私たちが暇な一日のことですけどね」

「それにしても、あの、それは必要ないんじゃ……」ドリスが男の顔を指さして言う。

「この人が言ってるのは、マスクのことです」ポルシェが急いで言う。

「ここは自主管理マンションですから」リッツィが言う。「中ではマスク着用の必要はありません」

「いやこれは、私が馬鹿でした」クラーマーが頭の後ろの紐を緩める。「入口に標識もあったというのに」

クラーマーはマスクを上着のポケットに押し込む。その後に生じた沈黙の時間は、自主管理マンションとはなにかを説明するのにじゅうぶんなほど長い。住民コミュニティの信頼度が特に高いと認められた集合住宅では、衛生面での予防措置が住民の自主行動に任されている。予防措置には、空気の定期的な測定、ゴミと下水の管理、あらゆる共用の場所の消毒などが含まれる。こういった形の自主管理が機能している集合住宅には標識が設置されており、電気代と水道代が割引となる。自主管理マンションの仕組みは、あらゆる面で大きな成果を収めている。国庫は市民の健康管理費を節約できるし、住民のあいだには共同体意識が育まれる。灰色だった過去の時代に、民衆は怠惰または愚鈍なため公共社会に草の根民主主義的に積極的に寄与することはできないと主張した者がいたが、その意見は間違っていた。自主管理マンションの住人たちは、市民には公共の利益のために協力して働く能力があることを立派に証明している。しかも彼らは喜んで働いている。会合を開き、議論をして、決定を下す。互いに密接に関わり合いながら、行動をともにするというわけだ。

白衣を着た三人の女性に囲まれて、山羊のなかにいる誇り高い馬といった様子でマンションの階段に立つハインリヒ・クラーマーは、この自主管理マンションというアイディアに大きく関与した人間だ。だがそれ以前から、すでに有名人だった。この国の人間なら誰でも、クラーマーが誰かを知っている。いま沈黙がこれだけ長引く理由も、その後に突然、皆が弾かれたようにしゃべり出す理由も、そこにある。

「ウイルスよ、私に感染できるものならしてみよ！」

「ちょっと、それって……」

「これ書いた人ですよね？」

「ちょっと、ドリス、そんなふうにじろじろ見るもんじゃないって。恥ずかしいじゃない」

クラーマーは片手を胸に当てて、お辞儀をする。

「心よりお礼申し上げます。ところで、このマンションにホルさんという女性は住んでいますか？」

「やっぱりミーアだ！」ドリスが言って、両手を叩く。もしこれがクイズだったら、ハインリヒ・クラーマーが住人の誰かのことを尋ねるとしたらミーア・ホルだろうと考えたドリスが正解だ。ドリス自身にもうまく説明がつかないとはいえ、彼女にとってミーアはどこか特別な存在なのだ。

「ホルさんなら、一番上の階ですよ。テラスが裏庭側にある部屋です」

「素晴らしい部屋ですよ」ポルシェが言う。「生物学者ってよく稼げますもんね」

「当然よ」リッツィが厳しい声で言う。

「素晴らしい」クラーマーが言う。「それで、ホルさんはご在宅でしょうか？」

「いつもいますよ！」ドリスが言う。「最近は、という意味ですけど」まるで秘密を打ち明けるかのように、ドリスはクラーマーのほうに身を乗り出す。「ミーアのこと、最近もう全然見かけないんです」

「ミーア・ホルさん」とリッツィがドリスの呼び捨てを正す。「いまは仕事に行ってないんです」

「ということは、休暇中ですか？」

「まさか！」ポルシェが思わず口走る。「あんなに綺麗な子が、いつもひとりで！　きっと配偶者候補のリストを吟味してるのよ」

「私たちの推測ですけどね」リッツィは秘密めかした口調でクラーマーに言う。「ホルさんはパートナーを探してるんだと思うんです」

クラーマーがうなずく。「それじゃあ、ちょっと寄ってみます」

「ミーアはちゃんとした人ですよ」

「そんなの当たり前じゃないの、ドリス」

「こういうマンションに住んでるんだから」

「ありがとうございます」クラーマーは三人の隣人たちに軽くうなずいて、輪から抜ける。「大変参考になりました。それにこの素晴らしいマンション。おめでとうと言わせてください」

三人は口をぽかんと開けたまま、けれど一言も発せずに、彼の両足と彼のしなやかな全身が階段を上っていくのを見送る。

想像上の恋人

「人生はこれほど無意味なのに」と、ミーアは言う。「それなのに、なんとか我慢して生きていかなきゃならない。だからときどき、銅管を適当に溶接したくなるわけ。で、なんとなく鶴に似たなにかができたりする。全部ぐちゃぐちゃに絡まり合って、ミミズの巣みたいになったり。そうしたら、できたオブジェを台座に取り付けて、名前をつけるつもり。飛ぶ建築物、とか、想像上の恋人、でもいいか」

ミーアは部屋の空間に背を向けて、ライティングデスクの前に座っている。目の前には何枚かのメモ用紙があり、そこにときどきなにかを書きつける。一方、想像上の恋人はカウチに寝そべっている。自分の髪で全身を覆い、午後の陽光を浴びている。ぴくりとも動かず、ミーアの話を理解しているかどうかもわからない。そもそもミーアのことを認識しているのかどうか。もしかしたら、想像上の恋人は別次元に存在していて、そこで虚空を見つめており、ミーアはたまたま彼女の目の前に、つまり二つの世界が交差する地点にいるに過ぎないのかもしれない。想像上の恋人の視線は、まぶたを持たない水中生物のそれに似ている。

「とにかくなにか残るものがあればいいの」ミーアは言う。「なにか無目的のものを創り出したいの。だって目的のあるものは全部、いつかはその目的をかなえて、お役御免になるだけだから。神にさえ人間に慰めを与えるっていう目的があった。でも、そうしたらどうよ——永遠の存在だなんて言われてたのに、そんなに長くもたなかった。ねえ、わかる？」

部屋は混沌としている。もう何週間も、誰も片付けず、空気も入れ替えず、掃除もしていないように見える。

「もちろんわかるわよね。モーリッツの言葉だもん。モーリッツは言ってた——永遠を欲する者は、自己保存という目的さえ追求してはならないって」

想像上の恋人がなんの反応も示さないので、ミーアは椅子ごと振り返る。

「私を怒らせたいときには、モーリッツはよく、お前は芸術家になるべきだったたって言った。モーリッツの意見では、自然科学的な思考の仕方が私を駄目にしたんだって。なにかを見るときに、特に愛する人を見るときに、いま見ているこの人も自分自身も、すべての根源である電子の巨大な渦の一部に過ぎないんだって常に考え続けるなんて、そんなことができるかって訊いた。目で見て理解するための唯一の装置である脳が、僕たちが見る対象、理解する対象と同じ材料でできているなんて事実に、どうやって耐えられるんだって。モーリッツはよく大声で叫んだ——自分自身を凝視する物質なんて、そんなのありかよ——って」

想像上の恋人は物質とはほど遠い。おそらくだからこそ、ミーアは彼女と話すと救われる気がするのだろう。

「自然科学上の認識は、まずは神のいる世界像を壊し、人間をあらゆる出来事の中心に押し出した。そうしておいて、人間をそこに置き去りにした。答えも与えず、情けないとしか言いようのない状態で。モーリッツはよくそう言ってたし、私もその点では彼の言うことを認めてた。私たちの考え方はそこまで隔たってたわけじゃない。ただ結論が同じじゃなかっただけ」

ミーアは手に持ったペンで想像上の恋人を指す。まるで彼女を告訴する理由があるかのように。

「モーリッツは愛のために生きようとした。彼の言うことによく耳を傾ければ、愛っていう言葉が、モーリッツが好きだったあらゆるものを意味していたことに気づいたはず。愛っていう言葉は、自然、自由、女性、魚釣り、周りを不安にさせることなんかを意味してた。変わり者であること。周りにさらなる不安を与えること。そういうすべてを、モーリッツは愛って呼んだ」

ミーアは再びライティングデスクに向かい、メモを取りながら、話し続ける。

「書き留めておかないと。モーリッツを書き留めておかないと。人間の記憶ってね、ほんの数日であらゆる情報の九十六パーセントのモーリッツを忘れちゃうのよ。四パーセントのモーリッツじゃ足りない。四パーセントのモーリッツじゃ、生きていけない」

しばらくのあいだ、ミーアは一心不乱に書き続ける。やがて顔を上げる。

「ふたりで愛について話すとき、モーリッツはひどいことを言った。ミーアは自然科学者だろう、だから友も敵も電子顕微鏡を通してしか見ないんだろう、なんて。愛って言葉を口にするとき、口に異物が入ったみたいに感じるんじゃないか。この言葉を口にするときだけ、ミーアの声の響きが違うんだよ。愛。半オクターブ高い声になるんだ。喉が詰まったみたいな声に。ね、ミーア、甲高い声になるんだよ。愛。子供のころには、鏡の前で練習までしてたじゃないか。愛。そう言いながら、自分の目を見つめて、この言葉がどうしてこんなに難しいのか、その理由を探してたよね。愛。ねえ、ミーア、どうしてもこの言葉をちゃんと発音できないんだよね。ミーアにとっては、不自然な喉の使い方が必要な外国語みたいなもんなんだ。ほら、言ってみなよ、愛してるって、ミーア！言ってみなよ――人生で最も大切なものは愛だ。愛する人。僕のことは愛してる？――ほら、もう目をそらす。ミーア！　もう諦めてるじゃないか！」

ミーアはもう一度椅子ごと振り返る。今回は稲妻のように素早く、荒々しく。

「それなのに、モーリッツの最後の言葉はなんだったと思う？〈人生っていうのはひとつのオファーで、断ることもできるんだ〉ですって。あれだけこだわってた愛はどこに行ったわけ？脳に深く刻み付けられた言葉ってあるでしょう。金属を型抜きしたみたいに、そこから先はもうそこに沿った思考しかできなくなるような言葉。どうしたら忘れられるっていうの？どうしたら忘れずにいられるの？あなたはモーリッツを知ってた。たぶん私よりもよく知ってた。私がどれほどモーリッツを愛してたか、本人は知ってたのかしら。私なんてね、」ミーアは叫ぶ。「モーリッツがいないことを、自分がちゃんと悲しめる状態かどうかさえわからないのに！」

「くだらないこと言わないで」想像上の恋人が言う。「私たちがしてることっていったら、それしかないじゃない。昼も夜も、私たちはモーリッツがいないことを悲しんでる。一緒に。こっちおいで」

ミーアが立ち上がり、想像上の恋人の広げた腕のほうへと向かいかけたとき、インターフォンが鳴る。

素敵な仕草

時が止まる瞬間というものがある。ふたりの人間が、互いに相手の目を見つめる。自分自身を凝視する物質。後頭部を貫いて無限へと延びる視線の軸が発生し、世界全体が数秒のあいだ、その軸の周りを回転する。誤解のないよう言い添えると、これは一目惚れの瞬間の描写ではない。むしろ、ちょうどいまミーアとクラーマーとのあいだに起きている現象は、ある物語の始まりを告げる無音の衝突と名づけるべきだろう。

ミーアはドアを開けてクラーマーを見たが、しばらくのあいだ、どちらもひと言も発さない。クラーマーがなにを考えているのか、推測するのは難しい。おそらく、ミーアのなかに客を歓迎する気持ちが芽生えるのを、ただ待っているのだろう。クラーマーは忍耐強い人間だ。もしかしたら、思いやりの気持ちから、うやうやしくドアの前に立ったまま、ミーアに時間を与えようとしているのかもしれない。この瞬間のミーアがどれほど奇妙な事態に直面しているかを、よく理解しているからだ。なんといっても、想像のなかでもう何度となく、幾多の手法で死ぬほど苦しめてきた相手が、突然生身の人間として目の前に立っているという事態は、それほど頻繁に起こるわけではない。「変ね」と、言葉を取り戻したミーアは言う。「テレビをつけたわけでもないのに、あなたの姿が見える」

それを聞いて、クラーマーは微笑む。魅惑的な、開けっぴろげな微笑みだ。クラーマーをメディアでしか知らない人間は、彼がこんなふうに微笑むことができるとは想像もしないだろう。これは私的な微笑みだ。とてつもなく有名になった後も、昔とまったく変わらずにいる人間の微笑み。

「サンテ」とクラーマーは挨拶をして、右手の手袋を外し、素手をミーアに差し出す。ミーアはその手をエキゾチックな昆虫でも見るかのように眺めると、ためらいがちに握る。

「素敵な仕草ね。昔の映画みたい」とミーアは言う。「あなたにはあまり似合わないような気がするけど。私が感染性のウイルスを持っているかもしれないと、怖くないんですか？」

「人生で最も大切なものは様式ですよ、ミーア・ホル。そして、ヒステリーはよき様式の最悪の敵だ」

「あなたの顔は」ミーアは考え込むように言う。「一種のラベルみたいなものね。どんな意見や見解の上にも貼ることができる」

「入ってもいいですか？」

「弟を殺した人間に私が飲み物を振る舞うことを要求しますか？」

「いえ、まったく。そんなずうずうしいことを期待するには、あなたは頭が良すぎる。ですが正直言って、なにか飲み物は欲しい。白湯《さゆ》を一杯」

　クラーマーはミーアの脇を通り抜けて部屋のなかに入り、カウチに向かう。カウチにいた想像上の恋人が、素早く端に寄る。クラーマーが座るやいなや、カウチはまるで彼のために作られたかのように見えてくる。クラーマーは、忌まわしいものを見るかのような想像上の恋人の視線には気づかない。だがそれは、珍しいことに、クラーマーの自信のせいではなく、単に彼の目には想像上の恋人が見えないという事実のせいだ。

「正確を期すために言っておきますが、私はあなたの弟さんを殺してはいない。むしろ、弟さんが刑務所にいながら、首を吊るための釣り糸をいったいどこから手に入れたのかを考えるべきでしょう」

　ミーアは部屋の真ん中に立っている。腕を組み、指を上腕の肉に食い込ませて。まるで自分の体にしがみつくかのように――または、手が勝手に動いてハインリヒ・クラーマーの首を絞めるのを妨《さまた》ぐかのように。

「あなたは……」ミーアは言葉をしぼり出す。「あなたは、私の憎しみを和らげようとはしないのね」

　クラーマーは褒められたかのようににっこりと笑うこともできる。同時に髪をなでつける。

「憎みなさい」と彼は言う。「私がここに来たのは、あなたと話すためです。あなたは私と結婚せねばならないわけではありません」

「結婚相手としては、私たちの免疫システムが適合しないことを祈るわ」

「興味深いことに」クラーマーは指を自分の鼻に当てる。「我々は免疫の点では適合するんですよ」

「興味深いことに」と想像上の恋人が言って、やはり指を鼻に当てる。「あなたは私たちが思っていたよりもさらにいやらしい豚野郎みたい」

「論理的に考えてみましょう」ミーアは再び自分の声を制御できるようになっている。「あなたと、キャンキャンうるさいお仲間の一団が、反モーリッツのキャンペーンを張らなければ、モーリッツは有罪判決を受けなかったかもしれない。そして有罪判決を受けなければ、自殺することもなかった」

「そんなあなたのほうが素敵ですよ」クラーマーは想像上の恋人を腕に抱くかのように、右肘をカウチの背もたれに載せている。「論理的な思考はあなたによく似合う。私に似合うのと同様に。だからこそ、その考え方の誤謬にもすぐに気づくはずです。因果関係と罪は決して同じではない。そうでなければ、弟さんの死の責任はビッグバンにもあると言わざるを得なくなる」

「もしかして、私はそう考えているかもしれない」地球が公転しながら、宇宙に開いた穴にはまり、ミーアはふらつく。ライティングデスクにつかまろうとするが、手は空を切る。「私はビッグバンを断罪する。宇宙を断罪する。モーリッツと私をこの世に送り出した両親を断罪する。モーリッツの死の原因はなんであろうと、誰であろうと断罪する！」

「しっかりしてください。手を貸しましょう」

クラーマーは立ち上がり、膝から崩れ落ちたミーアを助け起こして、カウチに連れていく。そしてミーアの額の髪をそっとかきあげる。

「彼女に触らないで！」想像上の恋人が鋭く叫ぶ。

「白湯を淹《い》れてきます」クラーマーはそう言って、キッチンへ消える。

遺伝子指紋

この場でふたりが話題にしている事件が起こったのは、それほど昔のことではない。事実のみを見れば、呆れるほど単純な出来事だ。二十七歳のモーリッツ・ホルは、穏やかであると同時に頑固な男で、両親からは「夢見がち」、友人たちからは「自由な思索者」、姉のミーア・ホルからはたいていの場合「変人」と呼ばれていた。モーリッツ・ホルはとある土曜日の夜、おぞましい光景に遭遇して、警察に通報した。自身の供述によれば、ホルはジビレという名の若い女性とブラインド・デートの約束をしており、南橋で待ち合わせていたが、着いてみると、ジビレは好感が持てる相手でも、持てない相手でもなかった。というのも、彼女はすでに死んでいたからだ。警察はすっかり取り乱したモーリッツの供述を記録した後、彼を家に帰した。ところがその二日後、モーリッツは勾留された。被害者は強姦されており、体内からモーリッツの精子が見つかったのだ。

DNA検査の結果が捜査を終了させた。常識を備えた人間なら誰でも、遺伝子指紋が他人と交換不可能であることを知っている。双子でさえ同じ遺伝子を持ってはいない。しかもモーリッツには年齢の違う姉しかいない。その姉は自然科学者で、遺伝子の識別力がなにを意味するかを、知りすぎるほど知っていた。この種の証拠に基づく有罪判決は、司法の場では日常的なものだ。こういう事件の場合、殺人犯は自供する。すぐにする者も、なかなかしない者もいるが、最後には皆が自供する。そうすることで良心の呵責が和らぐのかもしれない。または、世論を赦免の方向に誘導しようと考えてのことなのかもしれない。ところが、モーリッツは事実《ファクト》を無視した。そして、ジビレを強姦してもいなければ、殺してもいないと。モーリッツは一貫して主張し続けた。市民たちは午後のテレビ番組を見ながら、迅速な裁判を期待していたというのに、モーリッツは無実を訴え続けた。青い目を大きく見開き、蒼白な顔を信念でこわばらせて。機会をとらえては、モーリッツはただひとつの言葉を唱え続けた。その言葉は歌謡曲のサビのように、市民たちの耳に流れ込んだ。「君たちは己の迷妄の祭壇に僕を生贄として捧げようとしているんだ」

近年の司法史上、このような振る舞いに及んだ殺人犯はいなかった。正しく機能する国家に暮らす国民は皆、公共の利益と個人の利益とが調和し、両立することに慣れていた。たとえ人間存在の最も暗い部分が扱われる事件の場合であっても。いや、まさにそんな場合にこそ。それゆえに、モーリッツの法廷での態度はメディアの大スキャンダルとなった。モーリッツの揺るぎない姿勢に共感を示し、判決の執行停止を要求する声は、日に日に大きくなっていった。一方で、その声が大きくなればなるほど、一部の市民はますますモーリッツへの憎しみを募らせた。彼の犯した残虐行為のせいばかりではない。なにより、彼がおとなしく判決に従わないことが、憎悪を呼んだ。

そんな世間の議論の真っただ中に、ミーアは投げ出された。モーリッツとの血縁関係は突然、司法当局によって保護されねばならない暗い秘密となった。ミーアは昼間は仕事をし、身体管理とトレーニングの義務をこなしながら、晩にこっそり刑務所を訪ねた。夜には眠れず、バケツに延々と吐き続け、自宅のトイレのセンサーによって下水中の胃酸濃度の上昇が測定されることがないように、中身は通りに持っていって、排水溝に空けた。当然ながら、ハインリヒ・クラーマーの発言はメディアの論調への影響という点で重要な――おそらくは最も重要な――役割を果たした。クラーマーが口頭および書面で発信したのは、理性的な実証主義者にして熱烈な〈メトーデ〉擁護者ならそう発信するしかない内容だった――それをいま、キッチンで作業しながら、クラーマーはミーアに繰り返す。

退廃的イデオロギーは必要ない

「我々の社会は目的に到達しています」電気ケトルに水を入れながら、クラーマーは言う。「過去のどんなシステムとも違って、我々は市場《マーケット》にも宗教にも従属していません。退廃的なイデオロギーなど必要としない。体制の正当性を確保するのに、民衆による統治などという偽善的な信仰を持ち出す必要さえない。我々はただ理性にのみ従います。生物学的な意味での生から直接導き出される事実のみに依拠して。というのも、あらゆる生物には、共通するひとつの特徴があるからです。もちろん人間も含めて、あらゆる動物、植物が、その特徴を持っています――個人的かつ集団的な〈生存への意志〉をね。その意志を我々は、この社会が拠って立つひとつの大きな取り決めの基礎にまで発展させた。我々はこうして〈メトーデ〉を築き上げたんです。〈メトーデ〉の目的は、各個人にできる限り長く、できる限り苦しみのない人生を、すなわち健康で幸せな人生を保証することです。痛みと苦しみから解放された人生を。この目的のために、我々は複雑で包括的な政治体制を作り上げました。これまでのどの政治体制よりもはるかに包括的な体制です。この国の法律は、金線細工のように精緻にできている。有機体の神経システムに匹敵するほどの精緻さです。我々のシステムは完璧です。我々の肉体と同様の驚くべき生命力と頑健さを備えている——ただ、やはり肉体と同じように、もろくもある。基本原則のひとつにわずかに抵触するだけで、我々の体制という有機体は重傷を負うか、最悪の場合、死に至ることさえあるんです。レモンは？」

ミーアは白湯にレモンを搾るのが好きだ。クラーマーから手渡された白湯を飲むと、気分がよくなる。クラーマーはミーアと向かい合った肘掛け椅子に腰を下ろし、カップに息を吹きかける。

「私がなにを言いたいか、わかりますか？」

「DNA検査の信憑性に合理的な疑念の余地はないということでしょう」ミーアは小声で答える。

クラーマーはうなずく。

「DNA検査は無謬です。無謬性は〈メトーデ〉の支柱のひとつです。規則が理性的であり、あらゆる場合に有効でなければ、すなわち無謬でなければ、市民にどうやってその規則の存在理由を説明できるというんです？　無謬性は首尾一貫していなければならない。健康的な人間理性が我々に首尾一貫性を課すんです」

「ミーア」と想像上の恋人が言う。「この男は公式をしゃべってる。この男は機械なのよ！」

「かもね」

「健康的な人間理性って」と、想像上の恋人は叫ぶ。「自分を正しいと認めてもらいたいのに、どうして正しいかを説明できないときに使う言葉よ！」

「ちょっと待って」

「いまなんと？」と、クラーマーが訊く。

ミーアはクラーマーのほうに身体を向けながら、質問する。「人間ってものを考慮に入れた場合、無謬性にはどんな意味があるのかしら？」

「あなたがなにを言いたいのかはわかります」

「そもそも」とミーアは続ける。「規則だろうが規制だろうが手続きだろうが、全部人間が作ったものでしょう？　それがどうして無謬であり得るの？　数十年ごとに信念も、学問的見解も、そもそもなにが〈真理〉であるかまで、一切合財取り替えてしまう人間よ？　あなたは、私の弟がもしかしたらやっぱり無実かもしれないとは、考えたこともないんですか？」

「ありません」とクラーマーは言う。

「どうして？」と想像上の恋人が訊く。

「どうして？」とミーアは訊く。

「そんなことを訊いてどうなるんです？」クラーマーはカップを置いて、身を乗り出す。「個別の案件をそれぞれ違った基準で裁くべきだと？　心情を優先させるべきだと？　気の向くままに寛大にも厳格にもなる王のように？　その場合、誰の心情が決定を下すんですか？　私の？　あなたの？　その決定の根拠となる法律はなんです？　超自然的な正義の力？　あなたは神を信じているんですか、ホルさん？」

「信じてない。向こうだって私のことなんか信じてない。お互い様ってところよ」

「じゃあ、クラーマーさんはなにを拠り所にしてるのかしら？」想像上の恋人が訊く。「合理的な客観性？　そんなもの自分でも信じてないくせに？　それとも、向こうが彼を信じてないのかしら？」

「まあでもね」ミーアは言う。「感情っていうのはアドバイザーとしては三流よ。なにしろ、言葉の定義からして普遍性ってものを持たないんだから」

「でも、理性はただの幻想でしょ」想像上の恋人が素早くやり返す。「人間が自分の感情を全部詰め込んで身にまとうスーツみたいなものじゃない」

「ロマンティックで時代錯誤な表現ね！」ミーアは大声で言う。

「そっちは知的で変に洗練された表現ね。モーリッツはそのせいで身を滅ぼしたっていうのに！」

「ホルさん！」クラーマーが形のよい手を、まるで霧を払うかのように振る。「独り言はやめてください。あなたはひとりの人間を失った。けれど、信念まで失ったわけではないでしょう」

「モーリッツが一生のあいだずっと軽蔑していた信念だけどね」想像上の恋人が言う。

ミーアは彼女に警告の視線を送ると、立ち上がり、窓辺に行く。美しく晴れた日だ。蛋白質を含んだフィットネス用食品の広告のような日。カーテンを閉じたいという衝動に抗うのは楽ではない。太陽が、半分空になったデリバリーサービスの容器、散乱する衣類、部屋のあらゆる隅に溜まった埃を見つけ出す。部屋は二十世紀の匂いがする。一分ごとに、明るい陽光が部屋の無秩序を広げていくかのようだ。

「私は二本の道の交わるところを見下ろしてる」ミーアは言う。「片方の道の名前は不幸で、もう片方は腐敗。〈メトーデ〉っていう体制を呪うか――〈メトーデ〉の代わりになるまともな体制なんてないのに。それとも、弟への愛を裏切るか――弟の無実は、自分が生きていることと同じくらい堅く信じてるのに。わかる？」ミーアは体ごとさっと振り返る。「弟がやったんじゃないことを、私は知っているの。じゃあどうすればいいの？　墜落するか、ゆっくり落ちるか。地獄へ行くか、業火に焼かれるか」

「どちらもだめです」クラーマーが言う。「ああするべきか、こうするべきかではなく、それを決断すること自体が間違いという場合があるものです」

「それはつまり……あなたが、よりによってあなたが、体制には穴があると認めるということ？」

「もちろんです」クラーマーは相手の鎧を脱がせるほど魅力的な微笑みを浮かべる。そして肘掛け椅子からミーアを見上げる。「体制は人間が作り、運営する、人間的なものです。さっきあなたがご自分で言ったように。ですからもちろん穴はありますよ。人間的なものというのは、真っ暗闇の部屋のようなものです。我々はそこを這いずりまわっている。新生児のように、なにも見えず、なにも聞こえないまま。我々にできるのは、這う際に互いにあまり頭をぶつけ合わないように気を付けることだけです。それだけですよ」

「頭をぶつける？　私の頭はもう粉々だけど」

「そうは見えませんがね。この私の目には」クラーマーは腕を伸ばして、ミーアの額のど真ん中を指す。「大切なのは、すべてを乗り越え、俯瞰することです。弟さんの死を悼《いた》みなさい、ミーア。力の限り悲しむといい。そうしながら、日常に戻るんです。あなたは最近、いくつかの報告をないがしろにして、当局の目に留まったんですよ」

「人には、どうしようもないときが……」ミーアはそう言いかけるが、クラーマーは手をひらりと振ってかわす。

「言い訳は結構です。そんな必要はありませんから。啓発のための面会が設定されることになりますが、それだけです。面会への呼び出しが来たら、応じることです。それに、片付けをしなさい。少なくとも外面的な絶望のしるしは、生活から拭い去ることです。あなたの人生は、あなたのものだ。自分の手でコントロールしなさい」

「言われなくてもそうするつもりよ」ミーアは小声で言う。

「それをうかがって嬉しく思いますよ」クラーマーは、まるで手ずから片付けに取りかかろうとするかのような勢いで立ち上がる。

「まさか箒《ほうき》を持ってきたとか？　絶望を掃いて捨てるために」ミーアはそんな彼に不信の目を向ける。

クラーマーは即座に姿勢を崩して、両手をズボンのポケットに突っ込む。

「ちなみに、興味深い質問を思いついたんだけど」ミーアは言う。「あなたはとても忙しい人でしょう。それに、興味深い会話ができる相手に困っているとも思えない。私のことを養女にする計画でもあるんですか？」

「言い換えれば」と、想像上の恋人が言う。「貴様いったいなにしにきやがった？」

「私がここに来たのは、ご提案をするためです」

クラーマーは部屋のなかをぐるぐる歩き始める。その際、ミーアのフィットネスバイクのディスプレイのエラー表示を見逃さない。

「ここでいま我々が話したことはすべて、あなたひとりでなく、国全体に関わる問題です。弟さんの事件を扱った博士論文が出てくるまで、それほど時間はかからないでしょう――法学、社会学、心理学、政治学の論文がね。〈モーリッツ・ホル事件〉は、論文の脚注に最も多く引用される概念になる。〈メトーデ〉が被告の有罪を疑いの余地なく証明したにもかかわらず、被告自身が自分を潔白だと考えるとは、いったいどういうことなのか？　このような場合に公共の利益と個人の利益とが対立するのはなぜなのか？　これは我々の共生社会の根本的な問題です。〈メトーデ〉の問題です。〈メトーデ〉もその運営方法も、常に刷新され続けねばならない」

ミーアはクラーマーが歩き回るのを、戸惑った目で追う。

「運営方法？　刷新？　私にインタビューして、体制に批判的な意見でも聞きたいの？」

「事実に即した理性的な会話がしたいんです。あなたのことを〈健康的人間理性〉で特集させていただきたい。ジャーナリズムはもうずいぶん前から、派手な見世物から見世物へと次々に渡り歩く移動サーカスではなくなっています」

「大声で笑っていい？」想像上の恋人が言う。「ま、私は笑えないわけだけど」

「我々が伝えたいのは、〈メトーデ〉のような首尾一貫したシステムのなかにさえ存在する悲劇や矛盾についてです。それに、それでもなお繰り返し理性への道を選ぶことの大切さ。良き市民とは、羊のように群れについて歩く人間のことではありません。良き市民とは、危機や疑念を経験し、それを乗り越えた後に、公共の利益のために尽力する決意をいっそう強くする人間のことです。ミーア・ホル、あなたならそれを皆に伝えられる。考えておいてください。あなたの損にはならないはずです」

「引き受けたりしたら」と、想像上の恋人が言う。「ここから出ていくからね」

「あんたにはそれもできないでしょ」ミーアは言う。「あんたはモーリッツから私への贈り物なんだから」

クラーマーが立ち止まる。

「ホルさん、あなたのことが怖くなりそうですよ」

プレキシガラスに隔てられて

「ひとつだけ心残りがある」ミーアは言う。

時間が、永遠という体がまとう半透明のヴェールだとしたら、そのヴェールの向こうを覗くと、ミーアとモーリッツが見える。いまから四週間たらず前。未決勾留施設の殺風景な部屋。ふたりとも探るような視線で相手を見つめる。まるで初めて会った人間どうしのように。

「心残りって？」モーリッツが訊く。

「あなたの伴侶を探せばよかった」

ふたりはプレキシガラスに隔てられている。ガラスの中央には、たくさんの小さな穴が集まって星の形になっている。この穴を通して、ふたりは互いの声を聞くことができる。それに、互いに顔をうんと――警備員に注意されるほどぎりぎりまで――近づければ、相手の匂いさえわかる。

「気にしないで」いまでは過去の存在になったモーリッツが言う。「自分で作ったから」

「自分で、なに？」

「想像上の恋人を作ったんだ。ちょっと気分屋だけど、僕たち、だいたいのところうまくやってるよ。僕は孤独じゃない」

モーリッツが体を動かすと、六か月前から通常の服の代わりに着せられている白い紙の上下がパリパリと音を立てる。モーリッツは指を二本、ガラスに置く。ミーアはガラスの反対側からその箇所に触れる。ミーアが警備員を喜ばせるために、職場の実験室から粉末状のカフェインが入ったビニールの小袋を持ち込むようになって以来、これくらいは見逃してもらえる。ミーアとモーリッツは微笑み合う。ふたりとも、本当はわめいたり、なにかを壊したり、ただひたすら泣いたりしたいとき、代わりに微笑むことを覚えた。

「そうだ」モーリッツが言う。「彼女、貸してあげるよ。連れて帰って」

「あなたの想像上の恋人を家に連れて帰れっていうの？」

「そうしてくれたら嬉しいんだけど。そうすれば、すぐにまた会えるって信じるのが楽になるから。想像上の恋人がミーアを僕のもとに連れ戻してくれる。だって、彼女がミーアとの同居に長いあいだ耐えられるとはとても思えないからさ」

「そういう遊びに乗るほど想像力豊かじゃないの」

モーリッツは眉間に皺を寄せる。彼の癖だ。顔全体が両目のあいだの一点に集まるかのように見える。

「想像力ならじゅうぶんすぎるくらいあるだろ」モーリッツは言う。「生まれてからずっと、ふたりで空想の世界に生きてきたじゃないか」

「それはあなたの世界だったでしょ」

「ううん、僕たちの世界だった。いや、いまでもそうだ。これからもずっと、僕たちふたりの故郷であり続けるんだ。それを忘れないで」

しばらくのあいだ、ふたりは敵どうしのようににらみ合う。田舎道に立って、吹く風に髪を同じ方向になびかせるふたりのカウボーイのように。それは一瞬の闘いだ。ミーアは闘志が萎えるのを感じる。そもそも最初から全力で抗っていたわけではなかった。

「わかった」ミーアは言う。「あなたの妄想が生み出した女を連れて帰ればいいんでしょ」

モーリッツの眉間から、あっさり皺が消える。眉間の奥にある彼の脳は、自分の意思を通すことに慣れている。

「彼女、ミーアのマンションで帰りを待ってる」モーリッツは囁く。「きっともらってよかったと思うようになるよ。じゃあ……じゃあ、お返しを頼む」

ミーアは手に透明の紐を持っている。その紐を、ガラスに開いた穴に通す。親指と人差し指をかすかに動かして、モーリッツは紐をたぐり寄せていく。しばらく時間がかかる。警備員は自分の爪を見つめて、あくびをしている。紐の引き渡しが済むと、ミーアとモーリッツは立ち上がる。

「人生っていうのはひとつのオファーで、断ることもできるんだ」モーリッツが小声で言う。

ふたりは、胸と腹が触れ合わない程度のわずかな距離を保って抱き合うところを想像する。

「じゃあね」ミーアは言う。

やろうとはしてみた。使った食器と空のグラスを、置きっぱなしにしてあったあちこちの棚から集めてまわった。けれど結局、ライティングデスクの上に山積みにして、放置した。血液検査のために採血をしようと注射器を準備し、採尿のためのカップをバスルームに並べた。けれど、それきり忘れてしまった。絨毯《じゅうたん》に掃除機をかけ始めたが、すぐに放り出した。窓を拭こうとしたものの、結局はガラスに息を吹きかけて、蒸気を指先でつつき、星の形を作った。二本の指をガラスに押し付けて、微笑んだ。本当は、わめいたり、なにかを壊したり、ただひたすら泣いたりしたい気分だったにもかかわらず。いま、部屋の混沌は先ほどよりもひどくなってしまった。ミーアはカウチに座り、想像上の恋人の腕に抱かれて、まるで眠っているかのように目を閉じる。

「この部屋、もう見る影もない」ミーアは言う。「なんだか知らない部屋みたい。ほら、ひとつの言葉を何度も繰り返すと、そのうちその言葉の意味が失われて、ただの音の羅列になるでしょ、あんな感じ。それに、私の一日の過ごし方も、知らない人の生活みたい。もう自分の生活じゃなくて、ただの行動の羅列。全部無意味で無目的」

「あのクラーマーって男は狂信者ね」想像上の恋人がそう言って、母親のようにミーアの体を揺らす。

「私は街を見下ろすペントハウスに住む女性で、痛みに対する特別な才能を持っている。四週間前から自宅を出ていない。私について人が知ることができるのは、それだけ。実際、自分の心のなかに目を向けて、なにか聞こえないか、私って人間がそこにいることを示す、なにかカサカサって音や、囁き声なんかが聞こえないかって耳を澄ませるんだけど、なんにもないの。私は、何度も繰り返して口に出されたせいで意味を失った言葉と同じ」

「あの男、無条件な服従に喜びを感じるタイプね」想像上の恋人が言う。「原理原則への無条件の献身に」

「あの人、理性的に話してたじゃない」

「狡猾な狂信者なのよ」想像上の恋人は両手を持ち上げて、頭上でパタパタと振ってみせる。水浴びする鳥の物まねのように。これが彼女の笑い方だ。

豆の缶詰

灰色の制服に身を包んだふたりの警備員がミーアをここまで連れてきて、不快な思いをさせて申し訳ないと礼儀正しく謝り、静かにドアを閉めて立ち去った。

こうしてミーアはいま、上半身裸で、うつろな目をして検査用の椅子に座っている。手首と背中とこめかみにはケーブルが取り付けられている。心音、シナプスの電気信号、血管を血が流れる音が聞こえる——楽器の調律をする狂人たちのオーケストラ。医師は念入りに手入れされた爪を持つ、気さくな紳士だ。ミーアの上腕にスキャナーを滑らせる。まるでミーアがスーパーのレジでスキャンされる豆の缶詰ででもあるかのように。モニターにミーアの写真が現れ、続いて一連の医学情報が映し出される。

「いやいや、ホルさん、いや、素晴らしいじゃないですか、ホルさん。すべてまったく問題なし。

これ以上の検査の必要はありません。嬉しいことにって、私はよく言うんですけどね」

ミーアは目を上げる。

「先生は私がなにかの病気だと思ってらしたんですか？　だから検査結果を提出しなかったんだと？　隠したいことがあるから？　私、犯罪者に見えますか？」

医師はミーアの体からケーブルを外し始める。

「そういうことはよくあるんですよ、ホルさん。悲しいことだが真実だって、私はよく言うんですけどね」

ミーアは慌ただしくセーターをかぶる。

「よい一日を、ホルさん！」医師が声をかける。

ジューサー

医学検査の所見にざっと目を通しながらうなずくたびに、女子学生のようなゾフィのポニーテールは嬉しげにぴょこぴょこ跳ねる。ゾフィは上機嫌だ。特に理由はない。神経質な人間に爪を噛む癖があるように、ゾフィには上機嫌でいるという癖がある。ゾフィは法律が好きだったので、大学で法学を学んだ。そして学んだことを生かしていまの職に就き、有意義な仕事をしている。そのことに感謝する人は多い。だがわずかながら例外もある。それでも、ミーア・ホルはその例外のひとりではないだろうと、ゾフィには確かに感じられる。被告人ミーアの明るい目と知的な表情を、彼女が部屋に入ってきた瞬間、ゾフィは好きになった。鼻は少し大きすぎるかもしれない。大きな鼻は頑固な性格を表すと言われる。だがそれも、無言のまま切々と和解を懇願する柔らかな口元で、すっかり相殺されている。ゾフィは、自分には人を見る確かな目があると思っている。

「素晴らしい」ゾフィはそう言って、所見を閉じると、脇に置く。「大変素晴らしい」

被告人が下唇を噛んでいるのを見て、胸を打たれる。ミーアはゾフィより少し年上だというのに、いま目の前にいる彼女はまるで寄る辺ない子供のようだ。

「お会いできて嬉しく思います、ホルさん。ただ、ここにお呼び出しせねばならなかったことは、あまり嬉しくありませんが。ご自分の意思で面会に来ていただければよかったのですが、結局このような事情聴取となりましたので、これからあなたの権利をお伝えします。保健刑事訴訟法第五十条に則って、あなたには黙秘の権利があります。とはいえ、話し合うおつもりはあると、私は見ています。そうでしょう？」

ゾフィもやはり子供のような目で相手を見つめることができる。和解を求める子供の目だ。この目で見つめられると、どんな被告もうなずくしかなくなる。ミーアも同様だ。

「よかった」ゾフィは微笑む。「それでは聞かせてください、ホルさん。健康という概念をどのようにとらえておられますか？」

「人間というのは」と、ミーアは自分の指先に向かって話し始める。「呆れるほど非実用的に作られています。人間と違って、たとえばジューサーなら、蓋を開けて、ばらばらにして、洗って、修理して、またもとに戻すことができる」

「それなら、当局がなぜジューサーではなく人間の健康維持および疾病予防に努めるか、理解できますね？」

「はい、裁判長」

「それならなぜ検査義務を何週間もおろそかにしたんですか？」

「申し訳ないと思っています」ミーアは言う。「ある意味で」

「ある意味で？」ゾフィは椅子の背にもたれて、ずれたポニーテールの位置を整える。「ホルさん、あなたは私のことを憶えておられないでしょうけど、実は私はあなたのことを知っています。モーリッツ・ホルの……件の広報官でしたから。あの事件のことは詳しく承知していますから、あなたのお気持ちもわかるつもりです」

しばらくのあいだミーアはゾフィの目をじっと見つめるが、やがてうつむく。

「起きてしまったことは、もうもとには戻せません」ゾフィは言う。「けれど保健法に則って、あなたはいろいろな支援を受けることができます。たとえば医学的監督官をつけることもできますし、保養地での療養滞在も可能です。山でも海でも、どこかいい場所を一緒に探しましょう。滞在中は、ホルさんが現在の危機を乗り越えられるよう、専門家が手助けをします。その後、職業生活および日常生活への再適応プログラムを……」

「結構です」ミーアが言う。

「どういうことですか――結構です、とは？」

ミーアは黙っている。ミーアは自分のことを憶えていないだろうとゾフィは思っていたが、それは間違いだった。ミーアの記憶に、ゾフィは書き割りの幽霊列車に乗ったたくさんの黒服の人形たちの一体として刻まれている。陪審裁判所の一番奥の目立たない場所に、裁判長を始めとした裁判官たちと記録係とに半分隠れるように座っていた。金髪をポニーテールにした若く美しい女性の姿は、まさにその若さと美しさゆえに、完璧なホラーだった。大柄な体を見る影もなく縮ませて黒服の人形たちの前で背を丸める被告人を、戦慄の表情で、目を見開いて見下ろす姿は。あの金髪は善人だよ、と、モーリッツは言った。あの人には悪意がまったくない。いや、たぶんあそこの誰にも悪意なんてないんだよ。なあ、ミーアだったらどういう判決を下す？　まさにミーアの判決こそが聞きたいな。ミーアがもしあの壇上の人間で、僕が弟じゃなかったとしたらさ。

「ホルさん」ゾフィがかわいらしい鼻に皺を寄せる。「あなたは身体的には健康そのものです。でも心が苦しんでいる。その点で私たちは同意見ですね？」

「はい」

「それならどうして助けを受け入れようとしないんですか？」

「私の痛みは個人的な問題だと考えるからです」

「個人的な問題？」ゾフィが驚いて訊く。

「いいですか」

ミーアはおもむろにゾフィの手を取る。規則に反する行為だ。ゾフィは思わずびくりと体を震わせ、あたりを見回すが、やがてためらいがちにミーアの手に自分の手を預ける。

「私の気持ちは誰にもわかりません。私自身にさえよくわからない。もし私が犬なら――近づくな、と、自分に向かって吠えるでしょうね」

ミーアは声を落としていた。犬が吠える云々といったたとえ話は、理解してもらえる類《たぐい》のものではないとわかっているからだ。ミーアが本来伝えたいことを言葉にするのは難しい。それに、裁判官の前なのだから、これ以上伝えようなどとしないほうがいいだろう。第三者がミーアの代わりにあえて言葉を探すとすれば、ミーアが夜中に毛布をはねのけて起き上がるところを想像する必要がある。外では一日の最初の光が、漆黒の夜空の色を薄めていく。それは昨日が明日になる瞬間であり、「今日」が存在しないわずかな隙間の時間だ。眠れない人間なら誰もが恐れる時間。ミーアは自身の身体に閉じ込められている。罠にかかったかのように。自分の顔もまた、いまでは狭苦しく感じられる。指先で、まるで自分のものではないかのような表情をなぞる。口角を持ち上げただけの醜い半笑いは、自分の表情ではない。

寝室を出るとき、ミーアは一瞬、戸口にもたれかかる。それから廊下を歩いて居間に行き、リモコンでオーディオのスイッチを入れて、音量を上げる。だから、たとえその場に誰かがいたとしても、ミーアの叫び声は聞こえない。ただ大きく開いた口が見えるだけだ。それに、足もとがおぼつかないので、いまにも転びそうに見える。だがミーアは転ばずに窓際まで歩いていき、両手を持ち上げると、力いっぱい窓ガラスに叩きつける。はじき返されても、また振りかぶり、手のひらをガラスに叩きつける。音楽の音量が大きすぎて、窓が割れる音も聞こえない。勢いづいたミーアは、両腕をガラスの割れ目に差し入れ、虚空をつかむと、前のめりに倒れる。だが、胸が窓枠に残ったガラス破片の先端に触れる直前に気を取り直す。ガラス片をつかみ、握り締める。目を閉じて。唇が震え、閉じたまぶたの下で視線が上を向く。指の関節が白くなり、指のあいだを血が流れる。まるで赤くて柔らかいなにかを握っているかのようだ。それからミーアは手を開き、両腕を振る。ガラスの破片がパラパラと床に落ちる。合わせた両手を持ち上げると、血が肘をつたって滴り落ちる。「受け取って」と、ミーアの唇が動く。「受け取って!」そして、まるで受け取ってもらいたいものが凄まじい重荷であるかのように、ミーアはうめく。何度も何度も懇願するように両手を合わせる。そして、それを見ている者がいれば、ほんの一瞬、ミーアが本当に自分に語りかけているのだと思って、戦慄することだろう。

こういった夜や、ほかのいくつものよく似た夜、ミーアは実際には毛布をはねのけはしないし、起き上がりもしない。窓辺に歩み寄ってガラスを割りもしない。ただ眠っているかのような姿勢で横たわったまま、眠れずにいる——そんなミーアの姿を想像して初めて、ミーアの気持ちがわかる、と言えるかもしれない。

個人的な問題

「ホルさん」、とゾフィは言って、手の甲で目をこする。「個人的な問題とはどういうことなのか、説明してください」

　ミーアは椅子から跳ねるように立ち上がると、部屋のなかをうろうろ歩き始める。まるで、この部屋にはない窓を探すかのように。

「放っておいてほしいだけなの」やがてミーアは言う。

「座ってください」

「私、小学生じゃありません。ものごとには時間が必要なときもあるんです。私がお願いしているのはそれだけです。放っておいてほしい、時間がほしい」

「どうか私が検察官に電話をかけざるを得なくなるような態度は慎んでください。私からのお願いはそれだけです」ゾフィは鋭い口調で言う。「座ってください」

　ミーアが従うと、ゾフィの顔からは瞬く間に険しい表情が消える。ただほんの一瞬、まるでなにかの間違いかのように、邪悪な顔が見えただけだ。

「どうかよく考えて答えてください」ゾフィは言う。「もしあなたが病気になったとしたら、なにが起こりますか？」

「医者が治療をするでしょうね」

「では、その費用は誰が負担するんですか？」

「私が……自分で払えます」

「では、もしあなたにお金がなかったとしたら？　社会はあなたを放置して死なせればいいんですか？」

　ミーアは黙り込む。

「理性的に考えれば」と、ゾフィは続ける。「あなたが困難な状況にある場合、共同体にはあなたに対して手を差し伸べる義務があります。ですがそれなら、あなたのほうにも共同体に対して、そういった困難な状況に陥らないよう努力する義務があります。私の言うことがわかりますか？」

「私、病気になっても耐えられるかもしれません」ミーアは頑《かたくな》に反論する。

「ホルさん」ゾフィは呼びかける。「ご自分がなにを言っているか、わかっていますか？　理性を奪うほどの肉体的痛みを経験したことがあるんですか？　昔の人たちがどんな体験をしてきたか、ご存じなんですか？　かつては、生きるということは、ゆっくりと死に向かっていく自分を見つめ続けることだったんですよ。どんな一歩も破滅への一歩になり得たんです。胸が引きつるような感じがしたり、腕が痺れたりといったささいなことが、終わりの始まりであり得たんです。自分自身が破滅することへの恐れが、人間には常についてまわっていたんです。恐怖は人間の本質だったんです。そういう状態を乗り越えた時代に生きられることを、大きな幸せだとは思いませんか？」

ミーアは黙ったままでいる。

「私の言うことに同意していますね、ホルさん、顔を見ればわかります。どんな病であろうと、病を避けることはあなた自身のためなんです。この点で、あなたの利益は〈メトーデ〉の利益と一致します。私たちの社会システムのすべては、この一致の上に築かれているんです。個人の利益と公共の利益は緊密に結びついています。そこに個人的な問題などが入る余地はありません」

「それはわかってます」ミーアは小声で言う。

「それならあなたは〈メトーデ〉の基本理念を疑っているわけではないんですね？」

「裁判長、私は自然科学者です。どんな生物も快を追求し、痛みを避けようとするものであることは、誰よりよく知っています。この生物学的目的に奉仕する社会システムのみが正当なものであることも」ミーアはズボンの生地で手のひらを拭う。「私の現在の行動や態度を、社会に対する不平不満の表れだなんて思わないでください。いまの私はただ、本来の私じゃないんです。もしかしたら意味の通らないことをしゃべっているかもしれませんけど、でもとにかく、私は反メトーデ主義者じゃありません」

ゾフィは再び柔和な顔を見せる。

「反メトーデ主義者だなんて思っていませんよ。では、あなたのほうからご提案をどうぞ」

「放っておいてほしいんです」

「本当にそれでいいんですか？」

ゾフィはため息をついて、書類ファイルを開くと、鉛筆を握る。「あなたに対する支援措置は不要と裁定することは可能ですけど」

「そうしていただければ、大変助かります」

「ひとつだけ条件があります」ゾフィは顔を上げて、鉛筆を構える。「これからはなにひとつ法律違反を犯さないこと」

「努力します」

「だめです、ホルさん。努力するだけでは。これは公式の警告です。法的拘束力を持つ、最終的な」

ミーアはまず片方の眉を上げるが、それから二本の指を持ち上げて、誓う。

「ちゃんとします」ミーアは言う。

ここからしばらくは過去形を使おう。ミーアの弟のことを過去形で考えても、ミーア本人と違って私たちの胸は痛まない。

「わかったよ」モーリッツが言った。

「あんた、なんか変な匂い」ミーアが言った。

「いい匂いだろ。人間の匂いだ」

「あんたの未来の恋人がこの匂いを好きになってくれるかどうかは疑問だな」

「いいこと教えてやろうか？　僕のこれまでの未来の恋人たちはみんな、この匂いがかなり好きだったんだ」モーリッツはミーアの腕をつかんだ。「来て！」

「モーリッツ！　道はここで終わりだけど」

「それは昔からだよ。いいから来て！」

ミーアが抵抗して足を踏ん張るので、モーリッツは両手を使って姉を引きずった。結局ミーアはすぐに自分の足で歩き始めた。垂れ下がる木の枝をかきわけながら、ふたりは腰をかがめて藪のなかを進んだ。小道はふたりだけのものだった。川岸には小さな空き地があり、木々の梢が日陰を作っていた。モーリッツはその場所を「僕たちの大聖堂」と呼んでいた。ここは祈りの場所なんだ、と、よく言っていた。祈りとはモーリッツにとって、話すこと、沈黙すること、釣りをすることだった。ミーアはそんなふうに言葉に過剰な意味を持たせてもしかたがないと思っていた。モーリッツとごく普通に会話することを、宗教行為とみなす必要などなかった。

モーリッツはポケットから釣り糸を引っ張り出し、低木の枝を一本折った。そして、ミーアがもたもたとハンカチを広げてその上に腰を下ろすより前に、さっさと草むらにしゃがんで、釣り糸を川に投げていた。しばらくのあいだふたりは、川全体の姿になんら変化を与えることなく滔々《とうとう》と流れていく水面を眺めていた。

「クラウディアだっけ?」ミーアは訊いた。

「そういう名前だった」

「で?」

「最高だったよ。〈ディープ・スロート〉をマスターしてたんだ。なんのことか知ってる?」

「知りたくない!」ミーアは拒絶のしるしに手を振る。「あなたの免疫グループにはあと何人いるの?」

「三、四百万人かな。パートナーシップ仲介センターは世界最大の売春あっせん業だからね。天国の門の前の腐敗した門番さ」

即興で作った原始的な釣竿を手に、モーリッツは腕を伸ばし、可愛らしい女性の声で続けた。

「さあさあ、寄ってらっしゃい! クラスB11の主要細胞組織適合複合体。細い腰、茶色い髪、二十四歳、健康体。最高の商品ですよ」

「で、次の子はなんて名前なの?」

「クリスティーネ。すっごくかわいい子だよ」

「真面目に付き合ってみるって、約束して」

「そりゃもちろん」モーリッツはにやりと笑った。

「真面目は享楽の別名だからね。で、そっちはどうなんだ？　腕が十六本ある微生物は元気？」

「微生物に腕はない」ミーアはモーリッツの脇腹を叩いた。「プロジェクトは順調よ。まずは……」

「気を付けろ！」

釣竿を放り出したモーリッツに肩をつかまれて、ミーアは驚いた。川の向こう岸で、下草がかさかさ音を立てていた。

「あそこだ！」モーリッツがわざとらしくパニックを装って叫んだ。「巨大な細菌！　毛皮と角があるぞ！」

「馬鹿」ミーアは笑って、額の汗を拭いた。「鹿でしょ」

「そう言ってるじゃないか」

「たぶん私、あんたが人生になにを求めてるのか、一生わからないままなんだろうな」

「あ、そう言えば。思い出させてくれてありがとう。新しい詩があるんだ。ミーアのためにわざわざ憶えた。聞いて」

モーリッツは首にかけてぶらぶらさせていたマスクをヘアバンドのように頭にかけると、釣竿を取り上げた。

「僕の夢のなかの町では」と、暗唱を始めた。「家々の髪はピンクのアンテナ。髭面の屋根裏部屋にフクロウが住む。派手な音楽、煙の彫刻、ビリヤード球がぶつかる音、荒れた工場の窓から流れる。町の街灯はどれも、まるで刑務所の庭を照らすよう。自転車を藪に隠して、汚いグラスでワインを飲む町。少女たちがそろいのデニムジャケットで、常に手をつないで歩く町。まるでなにかを怖れるかのように。他人を怖れ、町を怖れ、人生を怖れ。そんな町の工事現場を、僕は裸足で歩きながら、爪先から溢れる泥を見つめる」

「子供っぽくて、へたくそ」ミーアは言った。「こんなの作った詩人は、刑務所に放り込むべきね」

「もう放り込まれたよ」モーリッツが言った。「大衆扇動罪で八か月」

モーリッツはシャツの胸ポケットから煙草を取り出し、口にくわえた。即座にミーアは手をのばして、煙草を弟の口から奪い取った。

「こんなもの、どこで手に入れたの?」

「なんだよ、どこでもいいだろ」モーリッツが言った。「火、ある?」

煙

ドリスは幼いころ、大きくなったらミーアみたいになりたいと思っていた。いま、大きくなったドリスは、マンションの共用階段の最上段に腰かけている。ミーアの住居のドアからほんの二歩のところだ。ドアの前には――純粋に感傷的な理由から――足ふきマットが置かれている。共用廊下にある窓から外を見るためにはどう座ればいいかを、ドリスは熟知している。マンションは坂の上にあり、ドリスは眼下に町を一望できる。ここではゆっくりと夢想に浸ることができる。こんなところまで誰かがうっかりやってきた場合に備えて、バケツと消毒液の瓶も持参している。

　ドリスの夢想は、まるで古い映画のように色鮮やかで、二次元だ。たいていの場合、主役はミーア。たとえば今日のドリスは、ミーアとクラーマーがあのドアの向こうで初めて顔を合わせる場面を夢想している。ふたりはまず、ドリスにはよくわからないことがらについて話す。ポルシェからしょっちゅう読み聞かせられる〈健康的人間理性〉に書かれているようなこと。つまり、クラーマーはミーアにＲＡＫとの闘いにおける彼の成果を語る。このＲＡＫすなわち〈病む権利（Rechts auf Krankheit)〉に属するテロリストのことが新聞に載るたびに、そのことを話すリッツィの声は半オクターブ高くなる。だがドリスの想像のなかのミーアは、リッツィと違って冷静なまま、ときどき質問を投げかけるだけだ。その質問を聞いてクラーマーは、ミーアがいかに彼をよく理解してくれているかを知るのだ。

　その後、ふたりは黙り込む。その瞬間を、ドリスは何度も何度も頭のなかで再生する。アップとスローモーションを使って、ミーアとクラーマーがカウチの上でゆっくりと顔を近づけていく様子を思い描く。ふたりは互いの瞳ではなく、唇を見つめている。クラーマーがミーアの肩に腕を回す。ドリスがいまここで自分の腕を伸ばせば、ミーアの住居の白いドアに手が触れることだろう。ドリスは自分の細い首筋の産毛が逆立つのを感じ、目を閉じて、息を詰める。すぐにクラーマーがミーアにキスをするだろう。人間がまだ口腔内細菌叢《さいきんそう》の汚染についてなにも知らなかったころの映画の場面のように。

　なにかがドリスの鼻を刺激する。目を開けて、鼻をくんくんさせてみる。妙な匂いがする。ドリスは共用廊下を見回し、二度、鋭く息を吸う。間違いない——煙だ。瞬時に立ち上がり、階段を駆け下りる。

「火事だ！」ドリスは叫ぶ。「火事だ！」

廊下の奥、白いドアの向こうでは、ミーアが想像上の恋人とともにカウチに横たわっている。口には煙草、膝の上にはマッチの燃えカス。

「こんなふうだった」ミーアはそう言って、深く煙草を吸い込む。「モーリッツはこんな匂いだった」

「なんだかモーリッツがここにいるみたいね」想像上の恋人がそう言って、煙草に二本の指を伸ばす。

和解審理ではない

黒いローブをまとったゾフィは、どこかスカーフを脱いだ尼僧を思わせる。ほかに選択の余地がないため、ゾフィはこのローブに慣れるしかなかった。少なくとも、法律全書を尻の下に敷けば、もう大きすぎる椅子に座る小柄な尼僧には見えなくなる。裁判所の家具はどれもいまだに、ゾフィよりずっと体格の立派な同僚たち用に造られている。職場における健康維持のための人間工学に基づくガイドラインも、首尾一貫して順守されているわけではない。滅多にないこととはいえ、ときにゾフィは自分の職業を嫌悪することがある。

検事のベルは、ローブの下はただのばらばらの骨の山でしかないかのようにガリガリで、今日は神経質そうに見える。一方、個人の利益の代理人であるローゼントレーターはスーツ姿で、傍聴人席にただひとり座って、なにもかも自分には関係ないという顔で窓から外を見ている。記録係の女性は美容室に行ったばかりのようで、まるで彼女自身の祖母のように見える。彼女はミーアの腕をつかんで、全市民の上腕二頭筋の中央の皮下に埋め込まれたチップを読み取る。ゾフィは喉スプレーを使った後、裁判の参加者が全員そろったことを確かめ、開廷宣言代わりにこう言う。

「私を馬鹿にしているんですか？」

「いいえ、裁判長」ミーアが表情を変えずに言う。

「ほんの二日前、あなたは私にひとつ約束をしましたよね。憶えていますか？」

「はい、裁判長」

「では、なぜ今日、自分がここにいるのか、わかっていますか？」

「薬物の不正使用のためです」ベル検事が口を挟む。「保健法第百二十四条違反の刑事犯罪です」

ゾフィは両手を法壇に載せて身を乗り出し、怒りの目でミーアをにらみつける。

「本法廷はもはや和解審理の場ではありません」言葉を吐き出すように、ゾフィは言う。「啓発のための面会でも、事情聴取でもありません。ホルさん、これは刑事裁判ですよ」

今回、ゾフィの邪悪な顔は、以前より長い時間保たれる。金髪のポニーテールにはそぐわない顔だ。ミーアは黙ったままでいる。

「一昨日、私たちはなにを話しましたか？」

ミーアは黙っている。

「私のことを馬鹿だと思っているんですか？　私のことなら弄《もてあそ》んでもいいいと？　ホルさん？　答えなさい！」

ミーアは答えようとする。目を上げて、肺を空気で満たし、口を開ける。ゾフィには好感を持っているから、彼女のためにも正しく答えたいと思う。ところが、正しい答えがわからない。ミーアはそのことに激しく慄《おのの》く。まるで、自分の人生の根幹を成すなにかが変わってしまったことに、たったいま初めて気づいたかのように。これまでのミーアの世界では、あらゆる問いに答えがあった。より正確に言えば、どんな問いにもひとつの正しい答えがあった。そして、頭の中身が温かい湯に変化してしまういまのような状況は、決してなかった。

「モーリッツが」ミーアはそう言うが、自分の声が部屋の別の隅から聞こえてくるような気がする。「一度、言ったんです。煙草を吸うのは時間旅行をするようなものだって。煙草を吸うと、別の空間に行けるって……自由でいられる空間に」

「裁判長！」ベル検事が怒鳴る。「ただいまの被告の発言を被告人の個人データに記録するよう、お願いします」

「却下します」ゾフィは言う。「被告の話を最後まで聞きましょう」

「裁判長」ベルは嘲《あざけ》るような傲慢な笑みを浮かべる。大学時代、法学部のゼミですでにゾフィに対して見せていた笑みだ。「我々はこの場で、保健法に則った手続きを踏んでいるのでしょうか？」

「もちろんです」ゾフィは答える。「被告人に対する私の質問をあと一度でも邪魔したら、保健刑事訴訟法第十二条に基づいて、あなたを法廷侮辱罪に問いますよ」

ベルはなにか苦いものを噛んでしまったのに礼儀から吐き出すことができないかのように、口を引き結んで渋面を作る。ゾフィは自分の首筋をもむと、ミーアにうなずきかけて、先をうながす。

「私には、モーリッツの近くにいたいという欲求があります」ミーアは言う。「なんだか、死というものも結局は人と人とを隔てる垣根に過ぎなくて、ちょっとしたトリックで乗り越えられるような気がするんです。モーリッツは死んだけれど、私には彼が見えるし、彼の声が聞こえるし、彼と話すこともできます。いまの私は以前より長い時間モーリッツと一緒に過ごしています。四六時中モーリッツのことを考えているし、モーリッツなしではなにもできません。煙草はモーリッツの味がしました。彼の笑顔の味、生きる喜びの味。彼の自由への渇望の味。そういうわけでいま、私はここに、裁判長の前にいます。あのときのモーリッツとほぼ同じですね」ミーアは笑う。「ここまでモーリッツと似た状況になるなんて、もちろん思っていませんでしたけど」

「ホルさん」ゾフィは言う。ことさら落ち着いた声で。「ここで審理をいったん中断して、あなたに国選弁護人をつけます。いまのあなたの態度を見るかぎり、このままあなたに話を続けさせるのは正気の沙汰ではありませんから。ただし、先日の私の警告を無視したことで、前回あなたが犯した秩序違反もまた罪に問われることになります。検察官、求刑は？」

ベルが慌てて書類をめくり始めたが、どうやら探している件はなかなか見つからないようだ。

「日割り罰金五十日分」やっとのことで、ベルが言う。

「二十日分とします」ゾフィは訂正する。「閉廷します」

ふたりの黒服の人形が出ていった後も、ミーアはひとり被告人席に残る。背後の傍聴人席で、個人の利益の代理人が立ち上がり、進み出てきて、ミーアが自分に目を留めるのを待つ。

「ローゼントレーターといいます」個人の利益の代理人は言う。「あなたの新しい弁護士です」

感じのいい少年

疑問の余地なく、彼は感じのいい少年といった趣《おもむき》の男だ。少しばかり背が伸びすぎた少年。髪も少し長すぎて、しょっちゅう額からかきあげている。その仕草に留まらず、彼の指は休むことを知らない。近くにあるものを触ったり、服が乱れていないかと確かめたり、一瞬ズボンのポケットのなかに姿を消したと思ったら、すぐにまた出てきて、直接触れることなく会話相手の肩を叩くそぶりをしたり。ローゼントレーターの指は、まるで医学検診のサポートチームのようだ――問題を解決するために常に休みなく活動している。いま彼の指が従事している活動は、テーブルの端を触るというものだ。だから指の持ち主であるローゼントレーター本人は、吐き気がするかのように前かがみになっている。

「弁護をさせていただければ光栄です。これは社交辞令ではありません」

「こんな依頼人を持つことのどこが光栄なのか、さっぱりわかりませんけど」ミーアはローゼントレーターのベルトのバックルを見ずに済むように、目をそらす。ローゼントレーターは一歩左に、それから二歩右に動いた後、腰を下ろすことに決めた椅子を引き寄せ、被告人席のミーアに向かい合って座る。

「まず最初に、お悔やみを申し上げます、ホルさん。あなたの態度には感銘を受けています。この数か月はきっと地獄だったことでしょうに」

「私の態度が人に感銘を与えるようなものだったら、いまごろ私たち、ここには座っていません」

「どんなことにも利点はあるというわけですね！」ローゼントレーターは笑うが、ミーアが彼の言葉に賛成ではないこと、それも事情を考えれば当然であることに気づいて、口を閉じる。

「ここでのことは」と、気を取り直して、ローゼントレーターは裁判所の空間を包みこむように腕を大きく動かす。「あまり真剣に受け取らないでください。全部決まりきった手順ですから。単なる手続きです。特定の行動によってボタンを押したように動き出す行政手続きにほかなりません。あなた個人とはほとんど関係ないんです」

ミーアの目の前でローゼントレーターはアタッシェケースを開け、ミーアが署名すべき弁護士委任状を取り出す。その際ペンの束が床に落ちたのを見て、ミーアは思わず微笑む。

「ほらね」かがんでペンを拾ったローゼントレーターは、顔を紅潮させて体を起こす。「私のような人間が働いているくらいですから、法廷はそれほどひどいところではありませんよ。ところで、弟さんのことは存じていました」

ちょうど署名をしようとしていたミーアは、動きを止める。

「あなたもあの黒服の人形たちの群れで役割を果たしていたんですか？」

「私は刑事弁護士ですよ！」ローゼントレーターは驚いた鳥のように両手を宙でばたつかせる。

「私的利益の代理人です。弁護士として、この裁判所管区の毎月のメトーデ保安報告に目を通しています。ですから、なんと言ったらいいいんでしょう？」

しばらくのあいだローゼントレーターは、まるで本当になんと言ったらいいのか教えてもらうのを待っているかのように、ミーアを見つめる。額にかかる髪がくすぐったいようで、目がパチパチと瞬く。

普通の状況で会ったとしたら、我慢のならない男だ。こちらの神経を参らせてしまう、いわゆる愛すべき馬鹿のひとり。ローゼントレーターのような男は、我が子の写真を財布に入れて持ち歩き、スーパーのレジに並んでいる人たちに見せて回る。道に迷った通りがかりの誰かが待ち合わせに遅れないように道案内をしたせいで、自分の待ち合わせに遅れる。人生の意味はなんだと問われると、「ジン」とは昔の中国の通貨の名前ではないだろうかと問い返す。そういう冗談を面白いと思うタイプだ。実のところミーアが好きになるのは、理性と、その理性を可能な限り効果的に使う意志とを備えた人間だけだ。ミーアは人間を二種類に分けている。プロフェッショナルな人間と非プロフェッショナルな人間に。ローゼントレーターは明らかに後者のタイプだ。にもかかわらず、ローゼントレーターと一緒にいて居心地がいいと感じる事実が、悲嘆の涙よりも、咆哮《ほうこう》よりも、夜に見る悪夢よりもずっと雄弁に、ミーアの精神状態を物語っている。ミーアはいま、一呼吸ごとに緊張がほぐれてくるのを感じる。

「モーリッツさんと直接の知り合いだったわけではありません」やがてローゼントレーターが言う。「ただ、彼のことはヴァーチャルな存在として知っていました。わかりますか?」

「さっぱり。そちらの業界とは縁がないもので。はっきりわかりやすく話してください」

「ああ、そうですね、もちろんです。簡単な話です。弟さんはブラックリストに載っていたんですよ」

「どういうことですか？」

「ここと、ここに」ローゼントレーターは委任状を指でつつき、ミーアはようやく署名する。「メトーデ保安局がモーリッツさんを監視していました」

「そんなバカな。なにかの間違いでしょう。モーリッツが反メトーデ？　そんなの……」ミーアは笑う。「そんなの、森にいる鹿を、毛皮と角のある巨大な病原菌だと見なすようなものよ」

「なんですって？」

「なんでもありません。モーリッツは確かに子供みたいな人だったかもしれません。間違いなく自由精神の持ち主ではありました。でも、決してなんらかの組織に属したりはしていません。ましてや怪しい反体制組織になんて」

「怪しいね、確かに」ローゼントレーターはミーアをなだめるように話す。「そもそもこんな話をしてどうなります？　こんな話はするべきじゃない。ただ、あとひと言だけ。あなたに状況説明をするのは私の義務なので。我々の法体系にはいくつか過敏な点があります。メトーデ保安法と関連があるとなると、事件の審理経過が少しばかり変わってくるんです」突然、ローゼントレーターはもはや体の大きな少年ではなく、相手のことを心配する大人の男に見える。「私の言うことがわかりますか？　だからこそ、さっき裁判官はあなたの審理を中断したんです」

「馬鹿なことを言わないで」

「努力します」そう言うローゼントレーターの顔は、またいたずら少年に戻っている。

「それならまず、普通の弁護士らしく振る舞ってください。どんな法廷戦略を取るつもり？」

「まず、二十日分の日割り罰金に異議を申し立てます」

「どうして？　罰金なら払えます。たぶん総額でもあなたの弁護料とそれほど変わらないんじゃないかしら。それなら即座に法廷に払うほうがいい。私は法律を犯した。だから罰金を払う。以上」

「ご立派です。でもそれじゃあだめだ。法律というのはゲームなんですよ。全員が参加しなければ成り立たないゲーム。私はあなたの弁護士です。弁護士として、あなたを守る」

「誰から、またはなにから守るんですか、ローゼントレーターさん？」

「検察の告発から。それに、あなたの現在の非常に困難な状況の責任をあなた自身に負わせようとする裁判所の意図から」

「それなら、自分で自分を守る」

「どうやって守るのか、うかがっても？」

「なにもせず、黙っています」

「救いようのない人だな。ご自分の状況がわかっていない。いいですか、あなたは〈メトーデ〉に反旗を翻した疑いをかけられることになるんですよ」

ミーアは首を振って、人差し指でローゼントレーターの顎を指す。「十六歳の少年みたいな話し方をするんですね。〈メトーデ〉というのは、私たち自身のことです。あなたであり、私であり、みんなのことなんです。〈メトーデ〉は理性です。常識です。私は〈メトーデ〉に反旗を翻したりはしない。裁判官にも言いましたし、あなたにも言います。もう一度だけ――私は放っておいてほしいんです。それだけなんです。いつかはまた立ち直ります」

「いつ？　明日の朝までに？」

「そこまですぐには」

「それなら、あなたには私が必要だ」

「ほかに依頼人がいないんですか？」

「たくさんいますよ」

「それなら私になにを望んでいるんですか？」

「あなたの力になりたい。私は自分の仕事を真剣にとらえる人間です。ミーア・ホル、あなたの身の上に起きたことは、不可抗力の厄災を申請するじゅうぶんな理由になります。法学部でほんの一学期でも学んだ者なら誰でもそう言うでしょう。ひとつだけ言っておきます」ローゼントレーターは身を乗り出して、ミーアの肩の上の空気を叩く。「あなたにはなんの罪もない。くだらない喫煙の罪さえない。あなたがこれ以上切り刻まれるのを、私は黙って見ているつもりはない」

悔しいほど正論だからなのか、それとも悔しいほど正論であってほしいと願っているからなのか、突然ミーアは泣きたくなる。

「ありがとう」そう言って、咳ばらいをする。「切り刻まれるというのは、まさに的を射た表現だわ。それじゃあ、私たちの意見は一致しているということね。私は面倒なことは嫌なんです。ただゆっくり考える時間がほしい。それだけです」

「まさにそのとおりです」ローゼントレーターが輝くような笑顔になる。「そのために私がいるんです。汚れ仕事をするタフな男がね」ミーアが笑わないので、ローゼントレーターはさらに続ける。「いまの、冗談のつもりなんですけど。あ、もう一度署名をお願いします。ここと、ここに。異議申し立ての書類です」

自主管理者たち

「ミーア！」ドリスが呼びかける。

「ホルさん」ポルシェが言う。「ちょっと、立ち止まるくらいはしなさいよ！」リッツィが怒鳴る。

「ちょっと、声かけてるんだから、ちょっと話が……」

ミーアは急ぎ足で自宅に向かう。両手に買い物袋を持ち、掃除用バケツのバリアを突破して階段を上ろうとしたところで、リッツィに腕をつかまれる。

「このマンションで、隣人を素通りなんてあり得ないんだからね！」

「ミーア」ドリスが言う。「ほんとにごめんね。そんなつもりじゃなかったの。本気で火事だと思ったのよ！」

「このマンションで密告があるなんて思われると困るから」ポルシェが付け加える。

「私たち、力になりたいだけなの」リッツィが言う。「だからね、ホルさん、もし私たちになにかできることがあれば……」

ミーアは横跳びで隣人たちの脇をすり抜けようとする。「ご親切にありがとう。でも結構です」

「そんなわけには」ポルシェが言う。

「結構じゃないでしょ、ホルさん」リッツィが言う。「ここみたいな自主管理マンションでは、お互いが助け合うものなんだから。特に仲間の誰かが辛いときには」

「ね、ミーア」ドリスが言う。「全部誤解なの」

ドリスはミーアの買い物袋を部屋まで運んであげたいと思う。そして白湯を淹れて、すべてを説明したいと思う。自分がミーア・ホルとハインリヒ・クラーマーの大ファンであること。自分はただミーアを自宅の火事から救いたかっただけであること。ドリスの目は絶望のあまり虚《うつ》ろになっている。

「残念ながら誤解じゃない」ミーアはドリスに向かってそう言い、それからほかのふたりに向かって「みんな、ありがとう。とにかく家に帰らせて」と言う。

「あなたの家もこのマンションの一部じゃないの」

「そう、自主管理マンションの一部よ」

「これからもここは自主管理マンションであり続けるべきなんだし」

「お互い理解し合わないと」

ミーアが腕をふりほどこうとすると、リッツィが改めてつかみなおす。ミーアは買い物袋を胸に引き寄せると、肩からリッツィに体当たりする。ところが、少し勢いをつけすぎたようだ。リッツィは両足を階段のそれぞれ違う段に載せて立っていた。足元にはたくさんのバケツ。リッツィは音を立てて落ち、バケツの水がいくつもの小さな滝になって階段を流れていく。ミーアは上階へと逃げる。

タダじゃすまないぞ、タダじゃすまないぞ、と、ミーアの頭のなかで声がこだまする。誰もそんな言葉をかけてはいないのに。

司令部にて

これまでミーアは自分の身体に注意を払ったことなどなかったし、ましてや身体に愛情など抱いていなかった。身体は機械だ。動くため、栄養摂取のため、コミュニケーションを取るための道具であり、円滑に機能することがなによりの使命だ。ミーア自身は身体の最上部にある司令部に陣取り、目という窓を通して外を見て、耳という穴を通して周囲の音を聞く。来る日も来る日もミーアは命令を下し、身体がそれを無条件に実行する。たとえば、運動しろ、といった命令だ。

フィットネスバイクは、ここ数週間で六百キロメートルのマイナス表示になっている。ミーアはペダルを踏みながら、考える——いったいなにを？　話を簡単にするために、ミーア自身、モーリッツのことを考えているとしよう。この仮定はかなりの確率で正しい。ミーアはモーリッツが死んだいまほど彼のことを考えたことは、これまでなかったような気がする。それは正常なことなのだろうか、それとも死んだ弟を自分の精神力で生につなぎとめておきたいという執念なのだろうか、とミーアは自問する。いや、もしかしたらミーアが生につなぎとめておきたいのは弟ではなく、周囲の世界なのかもしれない。というのも、いまではミーアにとって世界とは、モーリッツがそこで呼吸し、話し、食べ、笑っていなければ存続し得ないものになってしまったから。

ひとつだけ、理解したことがある——司令部たる脳は身体に命令を下すことはできても、脳自身に命令することはできない。頭は頭に思考を禁じることはできない。それでもローゼントレーターに出会ってから、自分にもチャンスはあると信じられるようになった。あの新しい弁護士のような大きな赤ん坊が人生をうまく制御下に置いているのなら、もちろん自分にも可能なはずだと。ミーアはペダルを踏む足を速める。すでにヴァーチャルで二十キロメートルを過ぎた。自分が学ばねばならないのは、モーリッツのことを考えながら、同時に日常生活をこなすことだ。モーリッツのことを考えるか、日常生活をこなすか、どちらかひとつを選択するのではなく。

「プロテインのチューブ七本」想像上の恋人がカウチに寝そべって、ミーアの買い物袋を漁っている。「炭水化物のチューブ十本。果物と野菜三個。完璧。私たち、上り調子ってこと？」

「これが終わったら」ミーアは息を切らしながら言う。「部屋を片付けて、掃除する。見てなさい。明日か明後日には、また仕事にも行くから」

「立派な心がけっていうのは変な現象よね」想像上の恋人が言う。「心がけが存在すること自体、心がけなんて無駄だってことを証明してる」

「もうちょっと楽観的になったほうがいい。法律はゲームで、全員が参加しなければ成り立たない。ねえこれ、モーリッツの言葉でもおかしくないよね。そう思わない？」

「思わない。モーリッツはいつも、自分で作ったゲームを自分でコントロールしようとしてた」

「確かにそうかもね」ミーアは袖で額の汗を拭く。「でもモーリッツにも、遺族の記憶のなかで新しい人物に作り替えられることくらい、了承してもらわないと。それがもう一緒にゲームをしないことの代償なんだから」

「別の比喩を使おう」想像上の恋人がそう言って、プロテインのチューブに書かれた注意書きを読み聞かせるふりをする。「誤謬ひとつで、成人の自己欺瞞の一日の必要量をカバーします」それからミーアを見つめる。「真実を言えばね――これはゲームじゃない」

「どういう意味？」

「まさか、あのローゼントレーターって男とちょっとばかりの運動とが、あなたの心の奥にざっくり入ったひび割れを修理できるなんて、本気で思っちゃいないでしょう？　そのひび割れはもっと深いのよ、ミーア。しかも、あなたの個人的な問題でさえない。そのひび割れはね、この国が、市民個々人のそれぞれの病気なんていう贅沢を許す余裕はないって考えた日に入ったものなの。あなたを内側から蝕むのは、体制のど真ん中の腐った箇所なのよ」

「あなたがモーリッツの代わりに彼の意見表明をして、彼の思い出を守り続けるの、尊敬するわ」ミーアは言う。「まあ、それがあなたの仕事だもんね。でもね、私の心の奥のことを私に説明するのはやめて。モーリッツにも、やっぱり私の心の奥は理解できなかった。私のことを弱くて周囲に合わせるだけの人間だと思ってた」

「じゃあ、本当のあなたはどうだっていうの？」

「抵抗運動なんていうナルシズムに浸るには頭が良すぎる」

「人間的なものというのは真っ暗闇の部屋のようなもので、ちっぽけな人間ごときはそこを子供みたいに這いずりまわるしかないから？　お互いにあまり頭をぶつけ合わないように気を付けていなきゃならない？」

「だいたいそんなところ。その言葉、どこで聞いたの？　なんか聞き覚えがあるんだけど」

「あなたの新しいお友達の言葉よ。ハインリヒ・クラーマーの」

「私たち、クラーマーのことを誤解していたのかも」ミーアは言う。「クラーマーのことは、メディアでしか知らない。もしかしてその背後には、全然違う人間が隠れているのかも」

「ちょっと、見せかけと本当の姿は違うとか、そういう話？　無実の人間を有罪に追い込んだ見せかけのクラーマーの背後には本当のクラーマーがいて、そちらはまったく別の考え方をしているとか、有罪に追い込むつもりじゃなかったとか？」

「ねえ、どうしちゃったのよ」ミーアはしゃかりきにペダルを踏むのをやめる。「喧嘩なんてしたくない」

「モーリッツの身に起きたことは、〈正しい〉か〈間違い〉かのどちらかでしょ」鋭い声で、想像上の恋人は言う。「その中間はない。あなたもそのうちどちらか選ばなきゃならなくなるのよ、ミーア。おいで」

「まだ運動が終わってない」

「おいでったら！」

ミーアはおずおずとフィットネスバイクを降りて、カウチに近づく。想像上の恋人は腕で買い物袋を床に薙《な》ぎ払うと、テレビをつける。

病む権利

「考えてもみてください——ＲＡＫとは〈病む権利〉の略称です。人間の常識と過激なまでに矛盾する要求ですね」

番組司会者の年齢はクラーマーの半分、知名度も半分だ。名前はヴュルマー〔ドイツ語で虫けらの意〕。そのすべてが、彼の見た目に表れている。クラーマーと並ぶと、まるで緊張でそわそわした学校新聞の編集長のように見える。ヴュルマーはそのキャリアのすべてを、今夜のゲストが敷いた道を歩くという使命に捧げてきた。最近になって〈みんなの考え〉という自身の番組を持ち、司会を務めるようになった。そしてクラーマーをゲストとして招待し、クラーマーはそれを受けた。だから今日はヴュルマーの人生で最も重要な日だ。

「クラーマーさんは反メトーデ運動の専門家でいらっしゃる」ヴュルマーは続ける。「きっと精神を病んだ人々のグループを相手にしているような気分ではないでしょうか。ご自身も精神をやられてしまうのではありませんか？」

「いえ、そんなことはまったくありませんよ」クラーマーはリラックスした様子で左腕を肘掛け椅子の背もたれに置いている。右手で水の入ったグラスを回しながら、まるで水晶のように澄んだ液体のなかに未来が見えるかのように、ときどき中を覗き込む。「ＲＡＫのメンバーは精神病患者ではありません。それどころか、アウトサイダーでさえない。落伍者でも、恵まれない境遇の人たちでもない。我々が相手にしているのは、ごく普通の、しかも非常に知的な人間たちです。ＲＡＫは組織的な犯罪グループではなく、単なるネットワークなんです。反メトーデ主義者たちは互いに緩くつながっているだけです。ですが、そのせいでますます脅威的な存在になる。なにしろ彼らの活動は構造的に偶然性とカオスに満ちているので、こちらからの攻撃の余地がほぼないんです」

「不気味ですね」ヴュルマーが言う。「理性の支配するこの社会で、どうしてそのような非理性的な運動が起こるんでしょう？　なんだかまるで二十世紀の出来事のようではないですか。クラーマーさん、反メトーデ主義者とは、いったいどういう人たちなんですか？」

「いま二十世紀とおっしゃいましたが、あながち間違いでもありませんよ」クラーマーは水を一口飲んで、番組の美しい女性アシスタントにうなずきかける。アシスタントは即座に駆け寄ってきて、クラーマーのグラスに水を満たす。

「消して」ミーアは言う。「ＲＡＫ関係のヒステリーには付き合ってられない」

「この番組はヒステリーとは関係ない」想像上の恋人が言う。「あなたの新しいお友達が出てるんだから」

「反メトーデ主義者の特徴は」と、クラーマーが語り始める。「反動的な自由信仰です。自由への信仰は事実、二十世紀に端を発するものです。ＲＡＫの思想のすべては、啓蒙思想の誤った理解の上に成り立っています」

「でも〈メトーデ〉自体、啓蒙主義の論理的結果だとされているじゃないですか！」

「だからこそ事態は複雑なんです。いいですか、反メトーデ主義者のなかには、もともと〈メトーデ〉を熱心に信奉していた人も少なくないんですよ」

「ということは、彼らはもともと我々の社会の一員だったということですか？」

「そうです」クラーマーの視線がカメラをとらえる。まるでミーアの顔に直接貼り付くかのようだ。「彼らはあなたや私と同じ、ごく普通の市民です。彼らもまた、自由は無責任の別名ではないと理解していました。ただ、ＲＡＫの間違いは、自分がいつ死んでもおかしくないとわかっている癌患者のことを〈自由〉だととらえる点にあります。最後にはベッドを離れることもできない人間を、自由な人間だと呼ぶわけです」

「まったく、とんでもないシニシズムですね」ヴュルマーは自身を防御するかのように両手を上げて、言う。

「反メトーデ主義者はシニシストです。ただ、彼らのシニシズムは悪意からではなく、無知から来るものです。これは些細ではあっても、私にとって重要な違いです。〈メトーデ〉に基づく健康志向は、人類の最も偉大な成果のひとつです。ですがそれは同時に、たとえば三十四年前に生まれた女性には肉体的な苦痛の記憶がないことを意味してもいます。その女性は今日では、たとえば二〇〇九年の死亡統計がなにを意味するのか、想像することさえできない。彼女にとって病とは歴史上の現象なんです」

「三十四年前に生まれたって、私のことだわ」ミーアは言う。

「すごい偶然ね」想像上の恋人が言う。

「おっしゃりたいことは、よくわかりますよ」ヴュルマーがそう言ってうなずき始め、そのままいつまでもうなずき続ける。「つまり、まさに〈メトーデ〉が完璧に機能するがために、その意義が忘れられてしまうというわけですね」

「いま例にあげた三十四歳の女性が、突然、情緒的に不安定な状態に陥ったと仮定してみましょう。彼女には突如として自分の個人的な欲求が〈メトーデ〉の要請と矛盾するように思われる。我々は誰もがエゴイストです。ときに個人の望みが社会一般の利益と衝突するのは日常的なことだと言えます。ところが、知的な人ほど、自分の抱えているのが月並みな葛藤で、自分の一時的な混乱をやはり月並みな方法で制御することで簡単に解決できるものだとは、認めたがらない。代わりに、自分の状況を過大評価して、原則的な問題だと見なすんです。そして自分自身のことを疑う代わりに、体制を疑ってしまう」

「私もいつも、同じようなことを言ってモーリッツを非難した」ミーアは苦しくなる。

「だからこそ、いまこの番組を見てるわけ」想像上の恋人は両手でリモコンをつかんでいる。「あなたもそろそろ、どちらの側につくのか決めるときよ」

「私になにを言わせたいわけ？　クラーマーは扇動者だって？　いいわよ、言ってあげる！　クラーマーは扇動者。でもね、悪魔はクラーマーのなかにいるんじゃない。悪魔は、クラーマーが彼の敵と同じように正しくもあれば間違ってもいるっていう事実のなかにいるの！」

「しーっ」想像上の恋人が言う。

「で、あなたが例として出された三十四歳の女性は」と、ヴュルマーが言う。「体制を疑って道を誤ってしまうわけですか？」

「彼女は悪循環に陥るんです。〈メトーデ〉に反する行動や思想をひとつ体験するごとに、彼女のなかの疑念を正当化するような反応が起きる。人生というのはそういうものです。ちょっとしたきっかけで、あっさり普通の生活から外れてしまう。公共の利益と個人の利益の関係についてはいくつもの研究があって……」

「クラーマーさんご自身のものもありますね」ヴュルマーがクラーマーを遮り、カメラに向かって一冊の本を掲げる。ハインリヒ・クラーマー著『国家の正当性の原則としての健康』。ベルリン、ミュンヘン、シュトゥットガルト、第二十五版。クラーマーが苛立ったように手を振ったので、ヴュルマーは本をもとに戻す。本は何度も版を重ねており、著者には宣伝などせず控えめにしている余裕がある。

「〈メトーデ〉は、公共の利益と個人の利益が一致する状態を〈正常〉と定義します」クラーマーが続ける。「この意味での〈正常〉に自分はあてはまらないと考える人間は、当然ながら社会の目にも正常だとは映りません。人は正常な状態をはずれれば、孤独になります。先ほどから例にあげている女性は、自分を非正常だと定義したところで、新しい人間関係を求めます。そして、反メトーデ主義者たちと同盟を結ぶことになるわけです」

「非常に複雑なテーマをわかりやすく簡単に説明するクラーマーさんの能力には恐れ入りますね」クラーマーに感嘆するあまり、ヴュルマーはいまにも椅子から跳びあがりそうだ。「もうひとつだけ教えてください。反メトーデ主義者の数は、時代が発展すればするほど急速に増えていくと思われますか？」

「そうでしょうね。そうなるだろうと考えていますし、それに対する準備も整えています。脅威を過小評価するのは愚の骨頂ですから。そもそもどういった状況が〈メトーデ〉発展のきっかけになったかを、我々は忘れてはなりません」

クラーマーは親指で自分の背後を指す。どうやら過去を示しているようだ。そうしながら意味ありげにうなずいているのは、これから聴衆の不愉快な記憶を掘り起こそうとしているからだ。

「二十世紀の二度の大戦後、啓蒙の波が社会の脱イデオロギー化を進めました。そして国家、宗教、家族といった概念は、急速に意味を失っていきました。こうしてすべてを解体する時代が始まったのです。ところが、解体に携わったあらゆる人々の驚きをよそに、人類は二十一世紀を迎えても、より高度な文明を築き上げたとは実感できずにいました。逆に、皆がばらばらで、方向性を見失っていました——つまり、原始的状態に近かったのです。皆がひっきりなしに価値観の崩壊について議論しました。人間はあらゆる自信を失い、再び互いを怖れ始めました。不安が個人の人生を、社会の政治を支配するようになりました。古い価値をひとつ解体するごとに、新しい価値がひとつ創られねばならないという事実が、見逃されたせいです。その具体的な結果はどうでしょう？　出生率の低下、ストレス性の病気、凶悪犯罪、テロリズムの増加。さらに、個人のエゴイズムが過剰に主張され、忠誠心はなくなり、最後には社会保障制度が崩壊しました。混沌と病気と不安が支配する世界になったのです」

両親から聞いた話でしか知らないはずの過去の記憶が、クラーマーの顔に暗い影を落とす。

「〈メトーデ〉はこの問題に対処し、解決しました」クラーマーは続ける。「ですから、論理的帰結として、〈メトーデ〉に反対する者は反動主義者なのです。反メトーデ主義者は、社会が崩壊していた当時の状態に戻りたいと思っている。抽象的な意味で〈メトーデ〉という理念に反対しているのではなく、具体的に、我々ひとりひとりの福祉と安全に反対しているのです。反メトーデ主義は我々に戦争をしかけているのであり、我々はそれに戦争で応えることになるでしょう」

感激したスタジオの聴衆が拍手し、クラーマーとヴュルマーの両者が椅子から立ち上がると、ミーアはようやくリモコンを奪って、テレビを消すことに成功する。

「それで？」と、想像上の恋人が訊く。「わかった？」

「なにが？」

「あなたの新しいお友達はね、あなたのことを言ってたのよ」

魚の終わり

ふたりはよく喧嘩をしたものだった。だが、あの日の喧嘩は深刻だった。後から振り返れば、あれが不幸の始まりだった。その日、ふたりは毎週恒例の散歩にでかけ、立入禁止区域の手前で毎週恒例のやりとりをした。モーリッツが道の終わり、立入禁止を示す標識の前で立ち止まり、腕を広げて、標識に書かれている文章を読み上げた。

「ここから先は消毒法第十七条に基づく管理区域ではありません。衛生区域の外に出ることは消毒法第十八条により第二級軽犯罪として処罰の対象となります」そして、モーリッツは自分の言葉でこう付け加えた。「しかし衛生区域の外に出ないことは、第一級愚行として外見の硬直および内面の完全な愚鈍化という処罰を受けます。さあ、行くぞ、ミーア・ホル」

ミーアは逃げようとしたが、モーリッツにつかまり、抱き上げられて、足をばたつかせた。ミーアを腕に抱えたまま、モーリッツは彼が自由と呼ぶ場所へと、つまり不衛生な森へと入っていった。

運動義務こそ嫌々こなすのみだったとはいえ、モーリッツは激しい肉体的消耗を厭うわけではなかった。ただ、上腕に埋め込まれたチップが道端のセンサーに反応するのを嫌っていただけだ。だから森を散歩しても自分の運動記録が増えないことは問題ではなかった。モーリッツは川で釣りをし、火を熾《おこ》して、釣った魚を食べるつもりだった。うろこだらけで、内臓もきちんと取り除かれていない焦げ付いた魚を、スーパーで買うどんなプロテイン保存食よりおいしいと思っていた。ミーアは毎回、土からイラクサを引っこ抜いて副菜にどうかと勧め、彼がとてもおいしそうには見えない獲物にかじりつくのを眺めたものだった。そして心のなかでこっそりと、モーリッツは少しばかりぶっ飛んではいるかもしれないが、抗いがたい魅力を備えていると考えていた。

あの日もまた、モーリッツは自作の釣竿を振り、ミーアを挑発するかのように草の茎を嚙みながら、おそらくは細菌だらけの川の水が素足を洗うにまかせていた。暖かい日だったので、ミーアは皮膚がんの危険にもかかわらず、頭をうんとそらせて顔に太陽の光を浴びずにはいられなかった。陽光という装飾のおかげで、〈大聖堂〉はいつにも増して美しかった。モーリッツがクリスティーネという女性とのブラインド・デートのことと、彼女のいわゆる〈ドギー・スタイル〉の技のことを話し始めたので、ミーアは耳をふさいだ。モーリッツがようやく口を閉じると、ミーアはパートナーシップ仲介センターの意義と目的について、短い説教を始めた。そして最後には、弟のことを快楽中毒のエゴイストと呼び、あなたのような男はひとりの女性を本当の意味で愛することなどできないと断じた。

もしかしたら、ミーアの口調はいつものからかうような調子から外れていたのかもしれない。モーリッツがブラインド・デートのことを話すと、ミーアの胸はときどき嫉妬でちくりと痛んだ。そんなときミーアの口調は、意図したよりも非難がましくなった。とはいえ、あのときのモーリッツの反応を正当化するほどの非難がましさではなかったはずだ。あの日、モーリッツは怒り狂った。森では鳥がさえずり、すべてが素晴らしかった——少なくとも姉弟がふたりきりで過ごすいつもの時間となんら変わらない素晴らしさだった——にもかかわらず。

「姉さんには吐き気がするよ」とモーリッツは言ったのだった。「僕に人が愛せるかどうかを、よりによって姉さんに疑われるとはね。そもそも人間なのは僕のほうで、そっちじゃないっていうのに」

モーリッツはいつもよりずっと激しい口調でまくしたてた。目はぎらぎらと光り、声は自作の詩を朗読する詩人のようだった。

「僕は獣と違って、自然の強制力を乗り越えることができるんだ。繁殖以外の目的でセックスできる。一時的にではあっても僕を肉体に繋がれた奴隷状態から解放してくれる薬物を摂取することができる。挑戦することで刺激を得るためだけに、生存本能を無視して危険に飛び込むことができる。本物の人間にとってはね、ただ〈ここにいる〉だけじゃ生きていることにはならないんだ。人間なら生を味わうべきなんだよ。痛みや陶酔や失敗や高揚感を通してね。自分の人生を完全に自分で操ってるっていう感覚を通して。自分の生と、自分の死を。なあ、可哀そうな、ぱさぱさに乾いたミーア・ホル、それが愛ってものなんだよ」

もちろんこんな議論は、それまでにも何百回としてきた。だが、真実というのは結局ものごとの表面に宿るもので、核心は空っぽのままだ。別の言い方をすれば、重要なのはパッケージなのだ。表現の仕方なのだ。あの日のモーリッツの嘲笑は、姉弟で子供のころから訓練を重ね、積み上げてきた慎重なバランス感覚から外れていた。それはミーアを傷つける嘲笑だった。そして、ミーアは負けたくなかった。

「へえ、でもね、迷える可哀そうなモーリッツ・ホル、あんたのほうはただの偽善者よ。あんたが褒めたたえる人生の操縦桿《かん》なんてね、身体が言うことをきかなくなった時点で終わるんだからね。あんたは単に、高い壁で守られた安全な基盤の上で自由を享受しているに過ぎない。あんたが闘志満々の演説をする一方で、ほかの人たちがその代償を払ってくれてるのよ。それは自由とは言わない。単なる卑怯よ」

「安全な基盤！」モーリッツは笑った。「いま本当にそう言った？　いやあ、いくらミーアでも、そんな愚民のスローガンにはさすがに嫌悪感があるだろうと思ってたのにな。だいたい、僕たちのこの世界が完全に安全になるのは、どうなったときだと思う？　すべての人類が試験管に入ったときだよ。栄養液に浸されて、互いに触れ合う可能性がなくなったとき！　そんな安全の目的はなんだよ？　正常な状態を間違って理解したまま試験管のなかで死んでいくこと？　安全っていう理念を超える理念をひとつでも想像して初めて、精神が物理的な条件を忘れて個人を超える普遍的なものを目指して初めて、唯一人間らしい生き方が始まるんだよ。人間にとってはそれだけが、より高次の意味での正常な生き方なんだ！　でもね、ミーア・ホルにかけられた呪いはさ、本当は賢くて、僕の言ってることをじゅうぶん理解できることなんだよね」

「それは間違い」ミーアは地面から石を掘り出して、水面に向かって投げた。子供のころから、モーリッツが姉のことなら本人よりもよく知っていると言わんばかりの態度を取るたびに、ミーアは腹を立てたものだった。「だいたい、私は賢いから、あんたの言ってることが戯言《ざれごと》だって理解できる。その、より高次の意味での素晴らしい理念ってなによ？　神様とか？　国家？　平等？　人権？　それとも昔のいろんな理念の死骸を寄せ集めて造った、なにか別のしょうもない概念？」

「なあ、わかってるか？」モーリッツは顎を突き出し、座ったままで姉を見下ろすという離れ業《わざ》をやってのけた。

「ミーアが人の安全を願うのは、人を愛してるからじゃないんだ。軽蔑してるからだよ」

「かもね」ミーアは言った。「でもあんたが自由と高邁な理念の話をするのは、自分自身を憎んでるからよ。自分に神秘的な衣を着せないと、この世界で生きることに耐えられないからよ。で、自分で自分の憎悪をごまかすために、あんたはその憎しみを体制に向けてる。自分自身を憎むあまり、自殺することを考えるのを楽しんでさえいる」

「それは楽しみとも憎しみとも関係ない」モーリッツは激昂した。「ああ、そうだよ、僕は自殺することだってできる。死を選ぶことが可能だからこそ、あえて生を選ぶことに意味があるんだろう！」

「自由に思索しようとするなら、死から離れなきゃ。生きることを自分に義務付けなきゃ」

「自由であろうとするなら、死を生の対極と捉えちゃだめなんだ。たとえば釣竿の先端《エンデ》〔「エンデ」には「終わり」「死」の意味もある〕は釣竿の対極を意味するのか？　違うだろう」

「違う。でも釣竿の先端は魚の死《エンデ》を意味してはいる」ミーアは冗談を言ってみた。だがモーリッツは笑わず、ミーアのほうを見ようとも、ミーアに手を差し伸べようともしなかった。「姉さんに足りないのはさ」モーリッツは言った。「自分がいつか死ぬ存在だってことを実感する体験だよ」

「やめてよ」ミーアは顔を歪《ゆが》めた。「あれはあんたが五歳のときのことじゃない。確かに悲しくはあるけど、まあありがちな話よ。あれがあんたをより高次の存在に押し上げたっていうの？」

「僕は六歳だった」モーリッツは言った。「それなのに、人にはただ一度の人生しか、それも短い人生しかないんだっていう事実に直面したんだ」

「興味深いことに、あのときあんたを救ってくれたのは、いまのあんたが軽蔑するような俗物たちだった。〈メトーデ〉がなければ、あんたにドナーが見つかることはなかった。少しは感謝してもいいんじゃないの？」

「感謝してるよ。でも俗物どもにじゃなくて、自然にね」モーリッツは頑固に言い張った。

「つまり、あの体験のおかげで、ミーアみたいな頭の固い人間にならずに済んだことにね。僕には感覚ってものがあるんだ。本物の感覚が」

ミーアは弟を探るように見つめた。そして結局、弟の肩に手を置いた。

「ねえ、どうしちゃったのよ？　今日はなんか変よ？　なんだか……」

「真面目？」

「まあ、普段のあんたに比べれば、真面目ね」

「練習してるんだ」モーリッツはぽつりと言った。

「新しい自分になる練習？」

「ジビレのためにさ」

「意味がわからない」

「ミーアの忠告に従ってるんだよ」

突然、モーリッツは顔を近づけてきて、ついいままでの喧嘩をすべて無効にする視線でミーアを見つめた。残ったのは澄んだ空気と、温かな土の匂い、それに水面に無数の光の輪が躍る川のみだった。

「これが僕の恋の仕方なんだ」モーリッツが言った。「プラスチック製のバラを買ったっていいし、国が検査済みの香水や、チョコレートフリーのプラリネを買ったっていい。でもそんなもの、彼女は気に入ってくれないと思うんだ。だからデートには、スローガンの花束と、自由の香りと、革命の甘さを持っていくつもり」

「私をからかってるの？」

「いや、珍しくそうじゃないんだ。いまミーアに言ったことは全部、今晩のデートで彼女にも言うつもりなんだよ。でも彼女はきっと、ミーアみたいに眉をひそめたり、つまらないことを言ったりはしない。ジビレはきっと、絹みたいにつやつやの大きな瞳で僕を見つめて、僕の言葉をひとつ残らず理解してくれる。ジビレとは、たったの三日間で、三年間刑務所に閉じ込められてもおかしくないようなメッセージをやりとりしたんだよ。ま、刑務所に入れられても、彼女と同じ房にいられるなら本望だけどね。なあミーア、彼女なんだ！　感じるんだよ」

「〈ディープ・スロート〉はなし？　〈ドギー・スタイル〉も？」

「そっちもあるかもしれないけど」モーリッツは笑った。「まあ、どうなるか、お楽しみってところ！」

釣竿が揺れたので、モーリッツは両手でしっかりと竿をつかみ、一匹の魚を川から釣り上げた。魚は釣竿の先端で、命をかけて激しくもがいていた。

「きっとミーアもジビレのことを好きになるよ」モーリッツは身体を傾けて、ミーアの額に軽くキスをした。そして地面から木の枝を拾って、魚の頭に叩きつけた。「ジビレが本当にメールの文面どおりの考えかたをする人なら、僕と同じくらいいかれてるってことだからさ。ミーアの仕事はこれから二倍になるよ」

「ホルさん！　ホルさん！　目を開けたまま寝ているんですか？　医師を呼びましょうか？」

時代錯誤を忌み嫌うゾフィは、滅多なことでは小槌を使わない。だがいま、その小槌を三度も法壇に叩きつける。一度叩くごとに怒りが膨れ上がっていく。弁護士の左横に座る被告人が、混乱した様子で顔を上げる。そして裁判官席に視線を投げ、それから両手を机に突いて眉を高く持ち上げたベル検事を見る。そして最後に壁のモニターに映し出された被告自身の顔をまじまじと見つめる。その顔は、柱の上の聖人像のように被告の裸体の上に鎮座して、被告を見つめ返している。ゾフィにとって小槌を振り下ろすことより難しいのは、誰かを見誤っていたのではと考えることだ。ミーアの柔和な口元は和を求めるしるしに見えたし、明るい目は精神的に明晰な証拠だと思っていた。ところがいま、彼女は被告として、この法廷にぼんやりうわの空で座っている。これで二度も、国家の恩を仇で返したことになる。ゾフィの恩を。それは被告の人間としての悪質さを示しているか、さもなければ鬱の症状だ。どちらの場合が自分にとってより辛いか、裁判官ゾフィにはわからない。悪質な人間は疫病のようなものであり、それゆえゾフィはそういう人間としょっちゅう関わり合いになる。一方、鬱病患者には破壊的な作用がある。手を差し伸べる周りの者たちを巻き込んで、自己憐憫を個人的な宗教にまで高め、自分の悲しみから抜け出たいなどとは露ほども望んでいない。彼らは不幸の使徒だ。不幸を周囲に伝染させる。法律家は皆、保健法の講義で、精神の病には少なくとも身体の病と同様の危険性があると学ぶ。しかも精神の場合、病んでいることを証明するのはより困難だ。

「申し訳ありません、裁判長」ミーアは言う。

弁護人のローゼントレーターが依頼人をなだめるように言葉をかけるのが聞こえる。ゾフィはローゼントレーターにほとんど同情に近い気持ちを抱く。彼は誠実で謙虚な人間だ。ミーア・ホルのような反逆児をうまく扱うことなどとてもできないだろう。

「さて、ここに異議申立書類があります」ゾフィは一枚の紙をひらひらと振ってみせる。「あなたの直筆の署名付きの」

ミーアはローゼントレーター弁護士に不安げな視線を送り、それを受けてローゼントレーターがミーアの脇腹を軽くつつく。

「はい、裁判長」ミーアが答える。

「軽犯罪法違反で私が下した罰金刑は、非常に軽い措置だったのですが」ゾフィは自分の声がヒステリックに響くことに気づき、咳ばらいをして、プロとして仕事に徹しようと努める。「いわば和平の提案だったわけですが」

「しかも、ほとんど無罪放免に近かった」ベル検事が口を挟む。

「そのとおり」ゾフィは嘲笑を顔に浮かべて、検事にうなずく。「ホルさん、あの判決は、あなたがまっとうな道に戻る手助けになるようにと思って下したものです。その点を理解していますか？」

「ええ、まあなんとなく、裁判長」ミーアはまるで、操り人形が糸で顎を動かされているかのように話す。

「いい加減にしなさい！」ゾフィは叫ぶ。突然、小槌を打ち下ろすのが楽しくて仕方なくなる。「では異議申立に応じましょう。先日の判決を取り消し、罰金刑を新たに五十日分に引き上げます。また、薬物不正使用に関しては……」

「でも」ゾフィの言葉を聞くにつれてどんどん驚愕を深めていったらしいミーアが言う。「でも私、まっとうな道に戻りました。未提出だった睡眠報告と栄養摂取報告も送りましたし、医学的検体と衛生学的検体もすべて提出しました。私の住居の細菌濃度は適正範囲内です。不足している運動量は、これから数日以内に……」

「これ以上あなたの口車に乗るつもりはありません。それともあの罰金刑に異議申立をした理由を説明してもらえますか？　あまりに軽すぎて、私は上司に釈明を要求されたほどなんですが」

「異議あり、裁判長」ローゼントレーターが言った。「被告人には裁判手続き上の行為に対する説明責任はありません」

「でも……」ミーアは言う。

「異議を認めます。弁護側は聴聞を拒否するということですね。不愉快な裁判の短縮に寄与してくださってありがとう」

「こちらにとっても仕事が減れば大変ありがたい」ベル検事が言う。

「検察官は発言を控えてください」ゾフィは鋭く言う。「ではこれから薬物不正使用の裁判に入ります。そちらの答弁は？」

「被告側は罪を認めます」ローゼントレーターが言う。

「でも、ちょっと、わけがわからないんですけど……」ミーアが言う。

「煙草を吸ったのは事実でしょう?」ローゼントレーターが小声で言う。「先週もう認めていますよね」

「ええ、もちろん」ミーアは言う。「でもあなた、言ったじゃない……」

「私は、あなたがどうしても放っておいてほしいと言い張ったから、ゴタゴタを避ける道はひとつしかないと説明したんです」ローゼントレーター弁護士はゾフィに謝るかのごとき視線を投げる。

「私の依頼人ミーア・ホルは、保健刑事訴訟法第二十八条に基づく不可抗力の厄災を申請いたします」

「不可抗力の厄災申請!」ベル検事が嬉しそうに手のひらで机をバンと叩く。「依頼人を説得して思いとどまらせることはできなかったのか、ローゼントレーター?」

ゾフィの健康な頬からは色が抜け落ちている。怒った自分自身には我慢がならない。怒りは不健康であり、ゾフィの本来の性格にも反する。それを知っているから、ますます怒りが募る。

「つまり被告人は、法廷には判決を下す権利がないという意見なのですね」ゾフィは冷たく言った。「そして、被告人の個人的事情を考慮して最大限の配慮をした裁判長、つまり私には、適切な状況判断をすることができないと考えているのですね」

ミーアの口は半開きだ。そんな顔の彼女は和を求める人間には少しも見えず、単に話の展開に混乱しきっているようだ。それに愚かに見える。そう、こちらを苛立たせる類の愚かさが見える。ミーアはまるで、どちらが飼い主だったかを思い出せない犬のように、ゾフィとローゼントレーターにかわるがわる目を向けている。そして、ローゼントレーターを指さす。

「この弁護士が言ったんです……」

「被告人の希望は」ローゼントレーターが一枚の紙を手に取って言う。「面倒なことは嫌だ、ゆっくり考える時間がほしい、というものです。当局に介入されないことが、自身の問題を乗り越えるための最善の道であるとの考えです」

「裁判長！」ベル検事が身を乗り出す。「いまの発言を被告人の個人データに記録するよう、改めてお願いいたします」

「今回は認めます」ゾフィはヴォイスレコーダーのスイッチを入れて、机の上に置く。「ローゼントレーター弁護士、申請の根拠を」

ローゼントレーターが話すと同時に、彼の言葉が文字になって壁のモニターに映し出される。

「被告人は〈メトーデ〉体制によって耐え難い苦痛を与えられました。〈メトーデ〉の権力行使によって近親者を奪われたのです。ですから、被告人はその結果として被ったダメージからの回復に努めるあいだ、〈メトーデ〉の諸機関からはそっとしておいてほしいと希望しており、その意味で不可抗力の厄災の申請を行うものです」

「そうなんですか？」ゾフィは法壇から身を乗り出すようにして訊く。「ホルさん、あなたは弟さんが〈メトーデ〉の権力行使の犠牲になったと考えているのですか？」

「因果関係を考えれば、はい、そうだと思います」ミーアは言う。「でも、だからといって……」

「だからといって、あなたが〈メトーデ〉の諸機関と無関係でいられるわけではありません！　不可抗力の厄災申請というのは、たとえば重大な誤審の被害者に適応されるための法律であると、弁護士からちゃんとお聞きになっていますか？　それに……」

「裁判長」ベル検事が不満げな声を出す。「法廷の仕事は、弁護士の仕事を奪うことではありません」

ゾフィは怒りを爆発させた。

「あなたのご高説はもうじゅうぶんです」と叫ぶ。「ここはあなたが知ったかぶりで自説を披露できる学生食堂じゃないんです。保健刑事訴訟法第十二条に基づく法廷侮辱罪を戒告します」

再び小槌が振り下ろされる。それからゾフィは、汚物かなにかのように小槌を放り出す。

「不可抗力の厄災申請を却下します」苦労して自制心を保ちながら、ゾフィは言う。「こんなサーカスもどきはもうたくさんです。薬物不正使用の罪により執行猶予付き二年の懲役刑を申し渡します。検察官、おそらくそちらのご希望にも沿うのでは？」

「おっしゃるとおりです」ベルは歯を食いしばって答える。

「素晴らしい。この場で被告人にお知らせしておきますが、申請された不可抗力の厄災については、すべて定期的にメトーデ保安局に報告されます。では閉廷します」

どちらの側につくの

「古き良き時代に、こんな歌があるのよね」と想像上の恋人が言う。「〈どちらの側につくの〉。あなたの主題歌にするべきね」

いまはおそらく正午ごろだろうか。もう少し遅い時刻かもしれない。とはいえ、いまは時刻の問題にはこの場の誰ひとりとして興味がない。春らしいうららかな日だ。ルーフテラスへと続くドアは開け放たれていて、穏やかな風が吹いてくる。花が植えられたプランターのほうから、自己満足に浸った蜂のうなりが聞こえてくる。ローゼントレーターはテラスドアにもたれて、「サクラソウ」の香料入りの人工の花の周りを蜂が飛ぶのを眺めている。

ミーアがローゼントレーターを自宅に招いたわけではない。どちらかといえば、ローゼントレーターがミーアを家まで連れて帰ってきたというのが正しい。裁判所の建物を出た後、ミーアは入口前の階段で立ち止まり、生まれて初めて町を目にするかのようにあたりを見回した。ひっきりなしに独り言をつぶやきながら――私の速度はいつもの十分の一になっちゃった、だから毎日が十倍速く過ぎ去るんだ、自転車の速度は十倍になったし、人も十倍速くしゃべるから、私にはなにひとつ理解できない、と。脳だって筋肉のひとつに過ぎない、とミーアはつぶやいたのだった。ローゼントレーターは、ミーアが人目のある場所で階段に座り込みそうになるのを押し留め、裁判書類でミーアの住所を調べて、彼女を無事に家へと送ってきたのだった。

こうしてミーアはいま、目を閉じたまま、色鮮やかな錠剤を二錠、水なしで無理やり飲み込む。現代医学はあらゆる実存的問いへの答えを持ち合わせている。それでも残る不明点を一掃することができるのは、ローゼントレーターただひとりだ。彼はひょろりとした体を小さく見せたいかのように、少しばかり前かがみの姿勢で立っている。そして房になった髪を絶え間なく手でなでつけている。

「楽しいですか？」ミーアは訊く。

「ええ、素晴らしい見晴らしですね」ローゼントレーターは、抜けた髪を数本床に落とすと、振り向く。

「すごく面白い冗談ね」ミーアは言う。「私が知りたいのは、あなたは拷問吏の役割を楽しんでいるのかってことなんですけど」

「あなたが拷問という言葉を使うとは、興味深いですね。拷問の導入が、現代の刑事裁判へと続く重要な一歩だったことをご存じですか？」

「こいつも私のことバカにしてるみたい」ミーアは想像上の恋人に語りかける。「ほかのみんなと同じ」

「でも、あいつよりはこいつのほうが好きだな」想像上の恋人が言う。「この男の目にはなにかあるもん。おもちゃ屋さんに来た小さな男の子みたい」

「こいつは」と、ミーアは声に出して言いながら、ローゼントレーターを指す。「私を今日、法廷で窮地に立たせたのよ！」

「現代の刑事裁判は一見、拷問とは相容れないように見えます」ローゼントレーターは頑固に話題を替えず、まるで若い刑事法律学者に講義をするかのように、片手を顎に当てる。「でも、違うんですよ。拷問と刑事裁判はどちらも、神の裁きに別れを告げるという点で共通しているんです。人間が判決を下すわけです。でも、神の助けなしに、どうして人間が真実を知ることができるでしょう？　それが可能なのは、被告が自白する場合のみです。ところが困ったことに、どの被告も進んで自白するわけではない。そこで発明されたのが……」ローゼントレーターはひとりでくすくす笑うと、「良心を追及する方法というわけです」と続ける。

「言わせてもらっていいかしら」ミーアは言う。「いまは話を私の裁判のことに戻してもらえると嬉しいんですけど。あの裁判は私にとっては拷問と同じです」

「拷問もやがて、人道的な思想の犠牲になりました」ローゼントレーターはミーアに構わずに続ける。「残ったのは、頑固に無実を主張し続ける人間に有罪判決を下した後に残る不愉快な感覚です」

「私、あなたのことを知りません」ミーアはローゼントレーターに歩み寄る。「あなたが誰かをまったく知りません。誰のためにこんな芝居を打つのかも」

「私はあなたの代理人です。つまり、あなたの代理であなたの利益を追求する人間という意味です」

「あなたは」ミーアは訴追者のごとく人差し指を立てる。「あなたは、このクソみたいな問題を終わらせてやるって約束してくれましたよね。ところが、実際にはなにをしました？　私をますますクソまみれにしただけじゃないですか。ねえ、ローゼントレーターさん、教えてほしいんですけど。あなたの責任を追及する方法はあるんですか？」

「もちろん、あります。うまくやれば、今日の裁判所での私の振る舞いを理由に、私の弁護士資格をはく奪することもできるでしょうね」

「やっぱり！」ミーアはあざ笑う。「それじゃあ、依頼人として、ご自身を訴えるよう依頼します」

「その前に、なにがあなたの利益になるかをよく考えてみるべきです。それに、その利益がどのように追求されるべきかも」

「ほら、言ったじゃない！」想像上の恋人が叫ぶ。「どっちの側につくのかってことよ！」

「弟さんの仮想死刑判決につながったあの性犯罪ですが、本当に彼がやったんだと思いますか？」

「あなたとその話をするつもりはありません」

「あなたは弟さんが罪を犯したとは思っていない」ローゼントレーターはテラスのドアを閉める。「弟さんのことをよく知っていたから。弟さんを、つまり、彼の精神を、魂を、心を知っていたから。どれも〈メトーデ〉の論理に従えば、人間関係においてなんの役割も果たさないとされる概念です」

ミーアは頭を抱える。すべてを鈍化させる薬の作用が、興奮した神経と闘っている。「ねえ、この地球上にたったひとりくらい、自分の政治信条を私に投影しない人間はいないの？」

「いない」想像上の恋人が簡潔に答える。「あんたの時代が来たってことよ」と言って、まるでモーリッツのように両腕を広げる。「注意！　ここから先は本物の世界です！　細かいものを誤飲しないように」

「あんたは黙ってて」ミーアは怒鳴る。

「あんた呼びで構いませんよ。敬語はやめましょう」ローゼントレーターが嬉しそうに言う。「今朝から我々は、これ以上なく親密につながっているわけですから」

「あの裁判はいったいなんだったのか、いい加減に教えてください！」ミーアは言う。

「単なる稚拙な手続きですよ」ローゼントレーターは両手を上げる。「お互いの目に向かって砂を投げ合う子供と同じです。我々は上級審に控訴します。そしてプロと渡り合うことになります」

「我々が？　それともあなたが？」

「どういう意味です？」

「私は降ります。ううん、もうとっくに降りてました。ううん、それも違う。最初からなにもなかったんだから、そもそも降りることなんてできない！」

「そのとおり。降りることはできません。今日ご自分がどんな脅しを受けたか、まだ理解できないんですか？　メトーデ保安局に報告すると言われたんですよ！　彼らはこの件を国家事案にするつもりなんです」

「それもこれも、全部あなたのせいでしょ」ミーアは言う。

「抵抗しなければ！」ローゼントレーターは両手を振り回す。「弟さんを殺しておいて、そのあと姉にほんの一、二週間、世間から引きこもることさえ禁じるなんて、なんというひどい体制なんだと思いませんか？」

「それは法律家としての問いですか？」

「人間としてです」

「なんてかわいらしいの、ローゼントレーター！　人間を探すなんて、空っぽの部屋をノックするようなものよ。慎重にドアを開けて、形式的に『誰かいますか？』なんて声をかけて――結局そのまま引き返すことになる」

「そもそも人間性を殺したのは〈メトーデ〉でしょうが」想像上の恋人が言う。「残ったのは人間の抜け殻だけ。複数形にすれば、大衆ね。でもね、私のかわいいミーア、あんたは列からはみ出してる。あんたには人間性がある。だから愛してるの」

「一人前の口きいて」ミーアは言う。「一日じゅうそこに寝そべって。あんたには血液型もない。国による遠隔健康管理の対象じゃない。あんたには免疫システムさえない！」

「空気としゃべるのはやめてください、ミーア・ホル」ローゼントレーターがなだめるように言う。

「私を見て、私と話してください。〈メトーデ〉は人間の福祉に奉仕する――憲法序文第一条です。

上級審では、我々皆が根本的な問いについて考えることになるでしょう」

「あなたの目」

「目がなんですか？」ローゼントレーターが手で顔に触れる。

「ぎらついてますけど」

「日光のせいでしょう」

「あなたが計画していることは、私の弁護じゃなくて、進撃でしょう」

「そうだとしたら、進撃が必要だからです」

「誰にとって必要なんですか？」

「我々皆にとって」

「最後にもう一度だけ訊きますけど」ミーアは鋭く言う。「あなたいったい誰？　頭のネジが緩んだ人？　それとも、アタッシェケースを持って裁判所をうろうろしてるけど、実はＲＡＫの信奉者なんですか？　それとも、人の生活を滅茶苦茶に壊して、その瓦礫の上で踊るのを楽しむちっぽけなサディスト？」

ローゼントレーターは咳ばらいをする。

「不幸な男です」

「そこはちゃんと説明してもらわなきゃ」想像上の恋人が言う。

「説明してください」ミーアは言う。

「できればしたくありません」ローゼントレーターは言う。

「私の人生を自分の闘いの場にしておいて？」ミーアは怒鳴る。「あなたの法廷戦術の鎖に私を野獣みたいにつないで、闘いにけしかけておいて？　私には、あなたがどうしてそんなことをするのか知る権利があるでしょう！」

「わかりました」ローゼントレーターはそう言って、カウチの想像上の恋人の隣にどさりと腰を下ろす。

不適切

ミーアはライティングデスクの上に座り、両手で頭を抱える。まるで頭が首の筋肉では支えきれないほど重くなってしまったかのように。ほんのしばらく、部屋に静寂が訪れる。世界の反対側では、アマゾン川から一秒に二十億リットルの水が大西洋に流れ込んでいる。その水音がミーアの居間で感じ取れそうなほどの静寂だ。ローゼントレーターは爪を噛んでいる。敗血症の危険を招くとして禁止されている行為だ。

「我々は、会わないようにしているんです」ローゼントレーターがついに口を開く。「遠距離恋愛の〈恋愛〉の部分抜きの関係。つまり単なる〈遠距離〉です。〈船を沈める〉ゲームをペンも紙もなしにやるようなものです。頭のなかだけで」

「そんな話、信じない」ミーアは言う。

「公的機関もだいたい同じ意見なんですよ。科学的に証明された事実をもとにした公式見解においては、私たちのような愛の形は免疫学的な理由からそもそも存在しないことになっています。私の主要細胞組織適合複合体はクラスＢ11なので、私はクラスＡ２、Ａ４、Ａ６の相手に適合するパートナーであると分類されています。ところが、人生最高の女性に――火傷に対する冷たい水のような女性に――出会ったら、彼女はＢ13でした。例外措置を申請しようとさえ思えませんでした。望みはゼロですから」

「免疫学上のそんなくだらない話でお茶を濁そうなんて、信じられない」ミーアは言う。

「くだらない話じゃないでしょ」想像上の恋人が言う。

「つまり、あなたは不適切な恋をしているということですか？」ミーアは怒鳴る。「それがあなたの個人的な悲劇だっていうんですか？　その悲劇のせいで、体制と闘う戦士になったと？」

「そこまではっきりと訊かれるなら――そうです」

「ときには個人の望みが社会一般の利益と衝突することもある」想像上の恋人が言う。「クラーマーならそう言うところね」

「自分を何様だと思ってるんですか！」ミーアは叫ぶ。「何千年も前から、お姫様は王様と結婚させられて、でも宮廷官吏と寝てきたじゃない」

「あなたには理解できないんだ」ローゼントレーターが言う。「誰と寝るかという話じゃないんです。私は彼女を愛している。彼女とともに生きていきたい。堂々と。子供を作りたい」

「い、いい、それこそ歴史上ありふれた話でしょ。農民の娘は領主に恋をしてきた。尼僧は修道院の庭師に。兄は妹に。女子学生は教師に。大人の男は親友の男に。そして今日では何千人もの人が、免疫的に適合しない相手に恋をしている。誰だって幸せになりたいんですよ。でもどれもみんな、形は違うけど不適切な愛なんです。みんな同じですよ、ローゼントレーター、ごくありふれたことなんです！」

「〈メトーデ〉によれば、不適切な愛は重犯罪です。私が愛を貫くことは、感染症を意図的に蔓延させる行為であると見なされます」

「自分は苦しんでると思ってるんですか？　苦しみっていうのがどんなものか、知ってると思ってるんですか？　よりによってあなたみたいな人が、何千年も前からあるような禁忌に抵抗しようっていうんですか？」

「無意味な禁忌だからです！」

「それなら、抵抗するのはもっと無意味じゃないかしら。ローゼントレーター、あなたは思い込みの激しい馬鹿な人なんですよ。こっそりやればいい、みんなそうしてるじゃないですか。でも口には出さないでください。世間をあなたの個人的な問題で煩《わずら》わせないで」

「ホルさん、ここまで来たからには、やっぱり敬語はやめませんか。そのほうが、これから私が言おうとしていることが楽に口にできる」

ミーアは疑念の目でローゼントレーターを見つめるが、結局手を差し出す。

「ミーアと呼んで」

「僕のことはルッツで」ローゼントレーターが言う。

ふたりは握手をして、すぐに手を放す。

「僕が言いたいのは、こういうことなんだ」ローゼントレーターは急に怒鳴り始める。「君っていう人は、苦り切った孤独な合理主義者だ！　幸せのことなんかこれっぽっちもわかっちゃいない！

かわいそうな人だよ！」

「ずばり言っちゃった！」想像上の恋人が言う。

「合理主義者はそのとおり」怒ったミーアは言う。「苦り切った、も、そうかもしれない。でも、かわいそうだとしたら、それはこれのせいよ！」

ミーアは跳びあがると、デスクの引き出しから一枚の写真を取り出して、ローゼントレーターの膝の上に放る。写真には、紐からぶら下がってぶらぶら揺れるモーリッツが写っている。首を吊った人間を見たことがない者なら、この写真に戸惑うことだろう。モーリッツの顔からは人間的な要素がすべて消えている。舌は三倍に膨れ上がって、口から突き出ている。両目もまた、いまにも頭蓋骨から飛び出しそうだ。肌の色は大部分が青。ローゼントレーターは、写真の死体とミーアを交互に見つめる。最も不幸な人選手権に敗北したのはローゼントレーターのほうだ。

「耐え難い光景だ」小声で、ローゼントレーターは言う。

「モーリッツが死んで以来」ミーアは言う。「窓際に行っても、もう月を見上げることもないの。モーリッツが地球を去って、宇宙へ旅立った可能性もあると思う？　もしそうだとしたら、彼の気持ちもわかる」

ローゼントレーターも立ち上がり、ミーアに歩み寄る。まるで間違った動きをすれば即座に逃げ出す獣に近づくかのように、用心深く。

「僕たちみんなで宇宙に旅立つ前に、僕が書類の閲覧を申請してみるよ。弟さんの件をもう一度調べてみる。再審を請求する」

想像上の恋人が体を起こす。「モーリッツの無実を証明するってこと？」

「もしかしたら、弟さんの無実を証明することだってできるかもしれない。ミーア！　君のためにするわけじゃないんだ。もう何年も、〈メトーデ〉に一矢報いる機会を待っていた。僕に必要なのは……」

「そうしてくれるんなら」想像上の恋人が、興奮して言う。「私たち、どんなことでもする」

「……チャンスなんだ」

そのときインターフォンが鳴り、ローゼントレーターはびくりと体を震わせる。ミーアは慌てて写真をデスクの引き出しに戻す。

カタツムリ

ローゼントレーターの身体から去った驚愕は、部屋をひとまわりして、その場に非現実的なまでの静寂を生み出す。ローゼントレーターとて、少し考えてみれば、ミーア・ホルの不可抗力の厄災申請のことを内務大臣よりも早く聞きつけた男がこの部屋を訪れても特に不思議ではないことに気づいたはずだ。だが、ローゼントレーターには考える時間はなかった。そもそも彼の場合、考えるという行為に迅速さが備わっているわけではないのだから、なおさらだ。好感の持てる親切な人間であるには、ある程度の緩慢さを必要とする。それに、勇気の欠如も。

「サンテ、みなさん」クラーマーが言う。

「どうも」ミーアが言う。

「サンテ」ローゼントレーターもつぶやく。

「またこいつか」想像上の恋人が言う。

クラーマーは輝くばかりに健康そうだ。散歩の途中でたまたま立ち寄ったという雰囲気を演出するための小道具である帽子とステッキを除けば、今日のクラーマーを特に印象深い存在にしているのは、その押しつけがましいまでの上機嫌だ。いつもよりさらにぴんと背筋を伸ばし、つるつるに剃られた頰は、ご飯を食べさせてもらったばかりの赤ん坊のような無条件の信頼で輝いている。無音のファンファーレとともに、クラーマーは部屋へと入ってくる。

「これはこれは」と言いながら、クラーマーはまるで興味深い美術品ででもあるかのようにローゼントレーターを指す。「我らの忠実な正義の戦士も、もう持ち場についているというわけですね。個人の利益があるところには君もいる。そうでしょう、ローゼントレーター？」

ローゼントレーターがクラーマーを怖れているのは、見逃しようがない。伝染病患者を前にしたかのように後ずさりして、膝の裏にカウチの座面が当たったため、しかたなく、だがほっとしたように腰を下ろす。ローゼントレーターは何年も前からクラーマーのことを知っており、この男の射貫くような視線が、〈メトーデ〉の味方と敵とを凄まじい正確さで見分けることができるのもわかっている。もちろん、不適切な女性を愛することそのものは禁じられてはいない。それが距離を置いた愛である限り。だが、やはりそんな愛は人を疑わしく見せる。「愛」が特定の免疫システムに対する適合性の単なる別称であることは、誰でも知っている。そこから外れる恋愛関係はすべて病気なのだ。ローゼントレーターの愛は、社会を危険にさらすウイルスなのだ。ローゼントレーターはこれまで、真の孤独の意味を否応なく学んできた。愛する人と離れていることではなく、真の自分とそのかなわない望みを世間から隠さねばならないこと――それこそが孤独だ。残念ながら、クラーマーの耳は目と同様に鋭い。クラーマーを長く見つめれば見つめるほど、この男がしばらく前から共用廊下に立って玄関ドアに耳をつけていたのではという疑いが強まり、その光景を想像して苦しくなる。

幸いなことに、クラーマーはそれ以上ローゼントレーターには興味を持っていないようで、ミーアのほうを向く。

「ホルさん」クラーマーは言う。「今日うかがったのは、謝罪するためです」

「悪い知らせならお手柔らかに」ミーアは言う。

クラーマーがミーアに歩み寄る。まるで衛生法第四十四条違反を犯して、ミーアの頬にキスをするかに見える。だが最後の瞬間にクラーマーはミーアから離れ、手袋を外して、帽子とステッキとともにライティングデスクの上に置く。

「このあいだお願いしたインタビューの件です。結局あの話はなくなりました。事態は別の方向に進んでいるようで」

まるで当然のようにクラーマーはキッチンへ向かい、白湯を淹れ始める。

「いずれにせよ、またお目にかかれたのは嬉しい」キッチンから、そう声をかける。「私のように面白いストーリーを追いかける老記者にとって、あなたが巻き起こす騒ぎほど楽しいものはありません」

「騒ぎを巻き起こしてるのは**この人**です」ミーアはローゼントレーターに視線を向ける。

「ほう？」クラーマーがドアから顔を覗かせ、眉を優雅な弓形に持ち上げる。同時に想像上の恋人も眉を持ち上げて、クラーマーの驚いた顔を真似る。

「インタビューとはなんですか？」ローゼントレーターが早口で尋ねる。

「不可抗力の厄災申請はこの人のアイディアなんです」ミーアは言う。

「ほかに白湯が欲しい人は？」クラーマーが訊く。

「お願いします」ミーアが言う。

「ありがとうございます」ローゼントレーターが言う。

「この人があなたを煩わせるのなら」湯気の立つカップをふたつ持って居間に戻ってきたクラーマーが言う。「私が簡単に解放してあげられますよ。この三十分間で彼が話した内容を教えてくれるだけでいい」

どうやらローゼントレーターが座っている場所は、どんどん熱くなりつつあるようだ。二本の指で襟もとを緩めながらも、同時に真面目な顔を保とうと努力している。クラーマーはライティングデスクに寄りかかって、カップの向こうからミーアに期待を込めた視線を投げる。ミーアは可哀そうなほどの混乱の表情を見せる弁護士を見つめる。一瞬、ローゼントレーターをお払い箱にすることを想像して、まったく悪くないと思う。

「ミーア！」想像上の恋人の警告の声に、ミーアははっと我に返り、自分自身に驚いたかのように首を振る。

「ローゼントレーターは別になにも話していません」結局、ミーアはそう言う。「私たち、自白の法的重要性について議論してたんです」

「ということは、モーリッツ・ホルに関する話だったんですね?」クラーマーが訊く。「少なくとも、弟さんは拷問はされなかった。それは喜ばしいことだ、そうじゃないですか?」クラーマーは笑って、ミーアの反応を待たずに続ける。「幸いなことに、今日では事実を知るための現代的な方法があって、それが自白の代わりになります。端的に言えば、精密な情報収集力が。情報はあればあるほどいい。異論がありますか、ローゼントレーター? ない? それは不思議だ。普通、君のような人は、市民を誤った自己認識から守るために〈メトーデ〉が多くの仕事をしていることを理解しようとしない。手元の情報が正確であればあるほど、より公正な措置がとれる。ホルさん、賛成してもらえますか?」

「ええ、たぶん」ミーアは言う。

「よろしい」クラーマーはカップをデスクに置く。「それでは、少し弟さんについて話してください」

想像上の恋人が、文字どおり空気を求めて口をぱくぱくさせる。その隣でローゼントレーターがカウチから立ち上がり、着ているスーツの襟を正す。

「私の依頼人は、そのような……」

「どうして話さなきゃならないの?」ミーアは落ち着いた声で訊く。

「手元の情報をより正確にするためです」クラーマーは感じよくそう言って、歯を見せてにやりと笑う。「または単に、なぜ弟さんについて話したくないのかと私が考えずにすむように、でしょうか」

ローゼントレーターがクラーマーに近づき、仁王立ちの姿勢を取ろうと努力する。

「ここで尋問をする権利は、あなたにはこれっぽっちもありません」不自然なほど低い声で言う。

「どうしてそうガチガチなんです、ローゼントレーター？」クラーマーは上機嫌で、もたれていたデスクから体を離すと、部屋を歩き回り始める。「君だってモーリッツ・ホルに興味があるでしょう」

「私は依頼人に興味があるんです」

「そうですか？」クラーマーはフィットネスバイクのまわりをぐるりと回りながら、ディスプレイのエラー表示を読む。「昨日、君は裁判所で、モーリッツ・ホル事件の裁判記録を徹底的に読み込んだじゃないですか」

「それは不可抗力の厄災申請に必要だったからです」

「むしろ、もっと深い泥沼に入り込むための手がかりを探していたのでは？」

「泥沼の専門家は、ほかならぬあなただ」

「確かにそういう見方もできる」クラーマーは特に感心した様子もなくそう答えると、本棚の前まで行って、本のタイトルを読み始める。

「ちょっと、ふたりとも」まるでテニスの試合の観戦者のように頭を一方からもう一方に動かしながらふたりの男の会話を追っていたミーアが口を挟む。「いったいなんの話なの？」

「より大きな話です」クラーマーが言う。「モーリッツ・ホル事件の意味について。違いますか、ローゼントレーター？　君は名声を求めている」突然クラーマーは振り返り、鏡のように凪《な》いだ目でローゼントレーターをまっすぐに見つめる。「さあどうぞ。異論があるなら」

　ローゼントレーターはうなだれ、それを見てクラーマーはうなずくと、デスクへと戻る。

「ホルさん」と、クラーマーは優しい声で言う。「法廷においてさえ、真実とは主観的なものです。信念と知識とは、互いに見間違いそうなほどよく似ている。だから、このふたつは同じものじゃないかと人が問うのもうなずける。だからこそ、賢明な人間は、難しい局面に際しては、あることが真実かどうかを、その有効性ではなく、有用性で判断するんです」

「どういうことです？」ミーアは訊く。

「弟さんには恐るべき説得力があった」クラーマーが答える。「だからこそ、いまだにここにいる三人とも、心をつかまれて離れられない。たとえ三人それぞれ理由は違っていても」

「この男、きっとこれから自助会の結成を提案するつもりよ」想像上の恋人が言う。

「モーリッツ・ホルの事件を」と、クラーマーは続ける。「あなたの弁護士は〈メトーデ〉に対抗する方向で、私は〈メトーデ〉を強化する方向で調べています。けれど、真逆の方向に進む者どうしが同じ地点で出会うことは珍しくない。たとえば今日、ここ、あなたの家の居間で」

「弟の墓の前で、の間違いじゃないの」

「確かにそうかもしれません。そこでは我々皆が真実を見つけようとしている。ホルさん、あなたも協力してください。モーリッツが実際にどんな人だったのかを、教えてください」

「自然が好きだった」ミーアは言う。

「ちょっと、この怪物野郎にモーリッツのことを話したりしたら承知しないから！」想像上の恋人が叫ぶ。

ミーアは想像上の恋人のほうを向く。

「モーリッツのことを話す以外に、この世界で私にどんな使命があるっていうの？」

「でもこいつに話しちゃだめ」想像上の恋人が言う。「こいつはモーリッツが国家の敵だったって証明したがってるんだから」

「それなら、私たちふたりで逆を証明してやるのよ」ミーアは言う。「人間なんて、記憶を美しくパッケージしただけの存在でしょ。私たちの場合は、モーリッツの記憶のパッケージでしかない」

想像上の恋人は黙り込む。ローゼントレーターが不愉快そうな咳ばらいをして、口を開きかけるが、ミーアの背後からクラーマーが、少し待てと合図する。一瞬、対立するふたりの男のあいだで合意の視線が交わされる。ミーアは勢いよく立ち上がると、窓辺に行って、外を眺める。

「モーリッツは自然が好きだった。子供のころから、木の葉や虫を何時間も飽きずに眺めていた。たったひとつの茂みのなかにどれほどの種類の虫がいるか、知っていますか？」

「自然への愛は、人間愛へのプロローグです」クラーマーがキーワードを与えるかのように言う。

「モーリッツは生きているものすべてを愛していた。ナイトテーブルの上に置いた木の箱のなかで、カタツムリを飼っていた。全員に名前をつけて。夜中に、カタツムリたちが殻で箱の蓋を持ち上げるの。緩慢さが彼らを驚くほど強くするって、モーリッツはいつも言ってた」

「自分もああいう家を欲しがってた」想像上の恋人が言う。うっとりと夢見るような瞳で。「いつも持ち運べる家を」

「寝ているあいだに、カタツムリたちは箱から出てきて、部屋のなかを這いまわった。ときどき朝起きると、モーリッツのほっぺたにカタツムリがひっついていた。モーリッツは嬉しそうだった。私は気色悪いと思っていた。私たち、同じ部屋で寝ていたから」

「生への愛に気色悪いところなどありません」クラーマーはミーアの話を聞きながら、デスクの上の書類に目を通していたが、今度はそっと引き出しを開ける。「私の知る限り、カタツムリは人間と違って戦争もしないし、大量破壊兵器を製造もしない」

「モーリッツも似たようなことを言ってた。自分は誰からも理解されていないって感じていた。両親からも、友人からも、私からも。だから子供のころは、私たちと話すより、動物や植物と話すことのほうが多かった」

「それでも、あんたはモーリッツの一番のお気に入りの動物だった」想像上の恋人が言う。「庭じゅうのものにあんたの名前をつけてたの、知ってた？　木や灌木や花や鳥や虫に。なにもかもに、ミーアって」

ミーアはうなずき、手のひらを目に押し付ける。

「モーリッツは病気になった。だから当然、カタツムリは捨てられてしまった。医者たちが代わる代わる家に出入りしていたから、親がややこしいことになるのを嫌がって。たぶん、モーリッツはそのことでずっと親を恨んでたと思う」

「病気？」ローゼントレーターが驚いて尋ねる。「裁判記録には、そんな記述はひとつもなかった」

クラーマーは肩をすくめて、自分も知らなかったと示す。

「完治したの」ミーアは言う。「遺伝的欠陥はなかったから、記録削除の申請が認められた」

「なんといい加減な」クラーマーが言う。「私の部下たちが調べ出すべきでした。病人なら扱いはまったく変わってくるというのに」

「完治したの」ミーアは繰り返す。

「一度病気になった者は、一生病気です」クラーマーが反論する。「病はその人という人間を形作るものです」

「〈メトーデ〉がモーリッツの命を救ってくれた。私はそう思ってる。それが私という人間を形作った」

「なんだったんだ？　なんの病気だったんだ？」ローゼントレーターが訊く。

「白血病」ミーアはそう言って、振り返る。視線が、ちょうど首を吊ったモーリッツの写真を眺めていたクラーマーにぶつかる。

「話はこれで終わり」ミーアは言う。「これで満足かしら？　こそこそ嗅ぎまわる犬みたいね」

「ええ、とても」クラーマーは袖から埃を払う。

ローゼントレーターは一本の指を顎に当てて、ぼんやり虚空を見つめている。想像上の恋人はそんな彼を横から見つめ、やはり考え込んでいるように見える。白血病。聞き慣れない言葉が、部屋の空気を変えてしまった。よりによってクラーマーが——賢明なクラーマーが——そのことにまったく気づいていない。帽子とステッキを手に取ると、次の目的地へ向かおうとする。

「あなたの話はまるで一篇の詩のようでした。今日の言葉、どこかで引用させていただいてもいいですか？」そう訊きながら、クラーマーの手はすでにドアノブをつかんでいる。

そしてクラーマーはあっという間に姿を消す。

アンビヴァレント

途方に暮れた人間が好む言葉を使うなら、クラーマーに対するミーアの姿勢はアンビヴァレントだ。クラーマーを好きではないと言えば、それさえ嘘になる。クラーマーが白湯を淹れて、ミーアに覆いかぶさるようにしてカップを手渡してくれたとき、彼の意識のすべてがこの儀式に向けられていて、その仕草がほとんど意味不明なほどの完璧さに到達したとき――ミーアは一瞬、この男を愛することができるかもしれないとさえ思った。クラーマーの礼儀正しさのためではない。彼の礼儀はいつも、彼自身の考えを隠すためにのみ使われる。もちろん、なんとも心地よい隠し方ではあるが。クラーマーの美しい外見のためでもない。外見は、あらゆる美しいものがそうであるように、見慣れれば色あせる。実際ミーアは、二度目にクラーマーに会ったときにはすでに、彼のことを美しいとも醜いとも感じず、単に間違いなく実在の人間なのだとしか思わなかった。逆にミーアの琴線に触れたのは、ミーアにカップを手渡すという行為をまるで神聖な儀式のように遂行できるクラーマーの能力だった。カップのような取るに足らない物に全身全霊を捧げるその姿勢は、この世界に彼がどう向き合っているかを示すものであり、正直に言えば、ミーアは感銘を受けた。クラーマーはすべてを十全にこなす。歩く、立つ、話す、服を着る――十全に。考え方にも話し方にも迷いがない。人間の永遠の性《さが》である迷いを弁証法的な方法で正当化することを拒む。信念と知識は人間のような不完全な存在にとっては同じものだと堂々と認める人間、だからこそ真実はその有用性で判断されねばならないなどと述べる人間は、純然たるニヒリストでしかあり得ない。

ミーアは、部屋の中を先ほどクラーマーが歩いたとおりに歩きなおし、自分の日用品、本、書類を、ストーリーを追い求める男の目で見てみようとする。ミーアもまたニヒリストだ。ただ彼女の場合、客観的な真実がないと考えることで無条件の強さは得られず、ただ寄る辺なさに苦しくなるばかりだ。ミーアはどんなことも理由をつけて正当化できるし、逆に反論することもできる。あらゆる考えを、アイディアを、擁護することもできれば、攻撃することもできる。あらゆる立場に賛成もできるし、反対もできる。対戦相手がいても、いなくてもチェスができるし、論拠や作戦が底を突くことは決してない。もうずいぶん前にミーアは、人間の人格はおおかたレトリックでできているという認識に至った。けれどクラーマーとは違って、ミーアはそこからさらなる結論を導き出す必要があるとは思わなかった。根本的にミーアは、自分とクラーマーは同じような人種だと思う。ただ、クラーマーはミーアが立ち止まった地点で止まらず、先へと歩き続けただけだ。まるで目的地があるかのように。望むべきものがあるかのように。クラーマーはなにを望んでいるのか、そもそも人はなにを望むことができるのか、という切実な疑問への答えは、神秘的なことに、白湯のカップを差し出す彼の巧みな仕草のなかに見つけられるような気がする。あの何秒かのあいだ、ミーアは自分が大きな力でクラーマーに惹きつけられているのを感じていた。

だが、あの何秒かを除けば――ここでアンビヴァレントが登場する――ミーアが感じるのは、なにより反発と拒絶だ。というのも、たったいまミーアが口にしたこと、考えたことはすべて、ほかの言葉で言い表すこともできるからだ。人はひとつの出発点からそれぞれ相違する理論を積み上げて、チェスの試合のように白から黒へと色を替えることができる。そうすると、クラーマーは無条件の強さの代名詞ではなく、単に激しくなにかを求めるだけの、中身が空っぽの人間になる。人のプライベートを嗅ぎまわる人間に。取るに足らない滑稽な人物に。

ミーアが部屋を歩き回るあいだ、想像上の恋人は肘枕で寝そべり、抗議する。

「白湯のカップに答えがある？　大きな力で惹きつけられる？　弟を殺した人間に？　あんた、女じゃない！」

「ルソーの本」ミーアは本棚の前で言う。「モーリッツからのメッセージ付き。ドストエフスキー。オーウェル。ムージル。クラーマー。アガンベン――これもメッセージ付き。ちなみに一度も読んだことない」

「あんたみたいな人間は、脚のあいだに頭を突っ込んで確かめないと、自分が男か女かもわかんないんでしょ」

「足りないのはあと百二十キロたらず」フィットネスバイクの前で、ミーアは言う。「二日で楽勝」

「あんたの頭が丸いのは、いろんな考えがぐるぐる回り続けるためでしかない。あの最悪の敵と同じ人種ですって？　だったらあんたは人間じゃない」

「女じゃない、人間でもない」デスクの前で、ミーアはクラーマーが読んでいた書類をぱらぱらとめくる。「でも、テロリストでもない」そう言って、もう一度モーリッツの写真を光にかざす。写真の向こうで、想像上の恋人は黄昏ににじみ、まるでそこにいないかのように静かになる。「ただの遺族」ミーアは小声で言う。思い出が外の太陽を沈ませるなか。

インターフォンが鳴ったとき、ミーアはまだデスクの前にいた。驚いて時計を見ると、真夜中過ぎだ。普通の鳴りかたではなかった。どちらかといえば、恐慌をきたした人の叫びのようだった。ビーッ、ビーッ、ビーッと規則的な間隔をあけて響くその音は、容赦なく、決して鳴りやむことがないかのようだった。ミーアは急いでドアに向かった。そこにいたのはモーリッツで、インターフォンのボタンを何度も何度も押す自分の人差し指に、ひたと視線を向けていた。ミーアが彼の手をボタンからどけると、ようやく静かになった。いまドアの前に立っているのが本当はなんなのか、理解するだけの時間が、私たちにはある――あの殺人の夜だ。過去だ。

「ちょっと、どういう登場の仕方よ？　入ったら？」

モーリッツは答えようとはしなかった。ただ、部屋に一歩だけ足を踏み入れると、そこでまた立ち止まり、まるで初めて見るかのように、または今後二度と見ないかのように、あたりに視線をめぐらせた。結局、現実になったのは後者だった。ミーアはモーリッツの腕を取って、カウチに引っ張っていった。

「さ、話して。どうだった？　彼女。えっと――なんて名前だっけ？」

「ジビレ」

「そうそう、いい子だった？　どんな感じだった？」

「死んでた」

ミーアとモーリッツは見つめ合い、その一瞬、まるで言葉はその意味をすべて失ってしまったかに見えた。モーリッツがたったいま口にした言葉は、ミーアにとってはなんの意味も成さないかのようだった。数秒が過ぎた。地球の自転がわずかに進み、幾人かが地球上のさまざまな場所で亡くなり、幾人かが生まれた。やがてミーアが弟の身体を押すと、モーリッツはへなへなとくずおれた。

「それって――どういうこと？」

「あり得ないだろ？　もしジビレがいまもまだ生きていれば、小説一冊分くらいたくさん話してやるよ。でも実際には、びっくりするほど話せることがない」

「モーリッツ、しっかりしなさい！　話して！」

「わかった」モーリッツは苦しそうに言った。「でも泣かずに話すよ、いい？　泣こうとはもうしてみたんだ、でもできなかった。警察署でも泣けなかった。それでも信じてくれる？」

「もちろん」ミーアはモーリッツをなだめるように穏やかな声で言った。

「絹みたいにつややかな瞳のジビレ。彼女と一緒なら刑務所に入ってもいいとさえ思ってた。ふたりで自由に生きたいって。ジビレはまだ生きてるんだ」モーリッツは自分の頭をつかむ。「ここで。残りは単純な話だよ」

その後、モーリッツは再び黙り込んだ。ミーアは唾を三度飲み込んで、どんどん大きくなる驚愕を抑え込もうとした。モーリッツからは冷たい合理主義者だとしょっちゅう非難されてきたが、いまだけは、そうではないと弟に証明したいとは思わなかった。自分だけはしっかりしていなくては。荒波のなかの不動の岩のような存在でいなくては。たとえどれほどの衝撃が襲ってきても、びくともしない岩でいなくては。

「待ち合わせしてたのよね」

「うん、南橋で。これまでも、女の子とはいつもあそこで待ち合わせたんだ。頭上を電車が通り過ぎると、地球全体が揺れているみたいに感じる。びっくりして、すぐに相手にしがみついちゃうんだよ。今日、僕、すごくドキドキしてて、あんまり早く着かないように、わざわざ回り道したんだ。で橋に着いて、最初はまだ彼女は来てないんだと思った。それか、来たけどもう帰っちゃったか。でも彼女、倒れてたんだ。下半身は……裸だった。肩を揺さぶってみた。それに身体を持ち上げたり、また下ろしたり。身体はまだすごく温かくて、柔らかかったよ。脈があるか診てみようって思いついたのは、かなり後になってからだった。手首と首。人間には脈があるってことを、忘れちゃったみたいだった」

「悪夢ね」

「警察が来るまで、かなり時間がかかった。僕はずっと彼女の横に座って、一緒に待ってたんだ。僕たち、よく理解し合ってた。彼女は写真で見るよりずっと綺麗だったよ」

モーリッツは目を、頬を、頭皮をこすった。くたくたに疲れていて、もう話す元気など残っていないようだった。ようやくこするのをやめると、モーリッツはミーアを見つめた。

「死体の横に座ってたとき、思ったんだ。ひとりの人間をこれほど近く感じたことはないって。僕たち、すごくいろいろなものを共有してるような気がした。愛以上のものを。だって僕たちは、彼女の死を共有してたんだからね」

モーリッツは片手を伸ばし、ミーアはそれを即座に握った。

「僕のこと、おかしいと思う？」

「おかしいのはこの世界よ」ミーアは言った。「あんたじゃなくて」

しばらくのあいだ、ふたりはあたりを取り巻く虚空を揃って見つめていた。やがてミーアは深く息を吸い込んだ。

「警察にはなにを訊かれたの？」

答えようと口を開きかけたモーリッツが、突然動きを止めた。その眉間に、驚きのせいで皺が寄っていく。ミーアに握られていた手が引っ込められた。

「どうしてそんなこと訊くんだよ？」

「重要なことだから」

「警察が僕になにを訊いたと思うんだよ？」

「ちょっと、モーリッツ、そういう話じゃないでしょ」

「ミーア・ホル、僕の話を聞いてたか？」

「いいから、警察になにを訊かれたか言いなさい」

「僕は彼女を見つけたんだよ、ミーア。わかってるのか？　僕は目撃者なんだ。だから警察は、目撃証言を聞きたがった。筋が通ってる？　ミーア・ホルに満足してもらえるくらい、筋が通ってるかな？」

「モーリッツ！」

「ミーア、僕の姉さんだろ。僕を信じるって約束してくれたじゃないか」

ふたりとも勢いよく立ち上がっていた。モーリッツが突然ドアに向かったので、ミーアは後を追った。モーリッツの背中は、絶望と怒りの彫像のようだった。

「ごめん」ミーアは呼びかけた。「心配なのよ。あんたにはこんな気持ち、わからないでしょうね。いつもいつも心配ばかり！　ねえ、話し合おう。泊まっていきなさいよ！」

だが、モーリッツはもう姿を消していた。

「あんたの家でしょ、モーリッツ」閉じたドアに向かって、ミーアは言った。「私はあんたの家でしょ」

私たちみんなのマンション

ミーアはいまだに木製の玄関ドアに頬を押し付けたまま、モーリッツ、家、あり得ない、などとつぶやいている。そのとき、再びインターフォンが鳴る。ビーッ、ビーッ、ビーッ。ドアを開けると、外はもう夜ではなく、明るい昼間で、そこにいるのはモーリッツではなく、三人の人間の形を取った「現在」だ。三人ともマスクをつけていて、そのうちふたりはミーア・ホルとのあいだに距離を開けようと、一歩後ずさる。

「ミーア」ひとり後ずさらずに立っていた女性が呼びかける。「私はほんとは来たくなかったの！」

「そういうのはなしよ、ドリス」ポルシェがつっかかる。「話し合ったじゃない、みんなで行くって」

「私は違う」ドリスはそう答え、ミーアに向かって「この人たちに強制されたの」と言う。

「話は私にさせて、ふたりとも」リッツィが言う。「まずは、こんにちは、ホルさん」

「こんにちは」ミーアは果てしない疲労を覚える。この隣人たちがミーアになにを求めているのかは予想がつく。ドアをまだバタンと閉めずにいるのは、ひとえにドリスの中立的な瞳のせいに過ぎない。白いマスクの上のその瞳は、好意をたたえている。一度向けられると癖になる好意だ。それに、この突然の訪問の具体的なきっかけがなんなのかを知りたいとも思う。

「素敵な写真ね」ドリスが言う。「とっても綺麗、ミーア。しかも第一面だなんて！」くるりと振り返って、ミーアに見せるために、ポルシェが手にしている〈健康的人間理性〉紙をつかもうとするが、ポルシェは素早く手を引っ込める。

「私の写真が〈健康的人間理性〉に載ってるの？」ミーアも手を伸ばすが、そのせいでリッツィとポルシェはさらに後ずさる。

「それより、今日これが届いたの」リッツィが白衣のポケットから一通の手紙を取り出し、両手で掲げる。もし神がまだ死んでいなかったとしたら、これからご神託を読み上げようとしているように見えただろう。「日付、件名、上記の件、云々。ここからよ、聞いて。『……によると、貴マンションの住人のひとり（女性）が保健法違反で有罪判決を受けました。この点を鑑みるに、貴マンションへの来年の自主管理マンション資格授与は困難になり得ることを、ここにお知らせいたします』

「私は手紙なんてどうでもいいの」ドリスが言う。「でもこの記事は素敵。ミーアの彼氏の記事よ。あの人、また来る？」

「どうでもよくない」ポルシェがリッツィの背後から言う。「ここはあなた、あなただけのマンションじゃないんですからね、ホルさん」

「ここは私たち
みんなのマンションなんです」リッツィが言う。「たくさんの努力が注ぎ込まれてるんですからね」

「労力と、清潔さとが」

「あなた個人を責めてるんじゃないの。ただ、私たちみんなのことも理解してほしいの」

「新聞を見せて」ミーアは言う。

「みんなのことを考えたら、それにホルさん個人にとっても、たぶん」リッツィが言う。「その、ええと、場所を替えてくれたほうがいいと思うの」

「え？」ミーアは訊く。居間では想像上の恋人が笑い始める。

「私はここに残ってほしい、ミーア」ドリスが言う。「あなたがモーリッツ・ホルみたいな有名人のお姉さんだなんて、すごいと思うの」

「ちょっと、どうかしちゃったの、ドリス？」ポルシェが訊く。「次はあんたの番になるかもよ、それでもいいの？」

「次に新聞に載るのはあんたみたいなのでしょうね」リッツィが言う。

「消えて」ミーアは言う。

「逆よ」ポルシェが怒鳴る。「消えるのはそっち！」

「私のことはほっといて！」ミーアは叫ぶ。

ミーアが共用廊下に一歩踏み出すと、隣人たちは逃走する。ポルシェは恐慌をきたして〈健康的人間理性〉を取り落とす。新聞は階段の上に取り残される。

脅威に注意を研ぎ澄ませ

健康的人間理性　七月十四日月曜日

論説「脅威に注意を研ぎ澄ませ」
ハインリヒ・クラーマー

楽観主義は美徳である。しかし昨夜、当局に対してまたしてもテロの脅迫があった。このことは、現在の社会が抱える問題が美徳のみでは解決され得ないことを、はっきりと示している。

我が国において、過激な反体制派がもたらす危険は日に日に大きくなるばかりだ。いまや政治と社会は、この事実を直視する必要がある。我々の社会には、なんの問題もない模範的な生活を送りながら、暴力によって〈メトーデ〉に――つまり我々ひとりひとりに――対抗する潜在的傾向を持つ者たちが暮らしているのだ。一見善良な隣人、知人、同僚、学友が、テロ攻撃を実行する可能性がある。テロリストは日常生活や職場においては一般市民を装っているため、見抜くのは難しい。メトーデ保安局は、ＲＡＫ《病む権利》の中枢における運営資金、扇動計画、コミュニケーション構造などを広範囲に把握してはいる。しかしＲＡＫ運動の賛同者のほかにも、狂信的な個々の反体制活動家、それぞれ独立した多くの抵抗運動グループから成るネットワークは広大で、保安局の緻密な仕事をもってしても、全体を見通すことは困難なのが現状だ。

　昨日の脅迫の具体的な内容は、メトーデ保安法上の理由により、いまだに公開されていない。信頼の置ける筋からの情報によれば、おそらく生物兵器による攻撃の予告だと考えられる。我々の誰もが知るとおり、我が国の空気清浄施設および飲料水設備は、常に細菌およびウイルス攻撃の対象である。

　問題の脅迫文の筆者およびその背後の勢力についても、詳しいことはまだ公表できる段階にないという。だが複数の専門家によれば、二十七歳の大学生モーリッツ・ホルの死との関係が推測される。モーリッツ・ホルにメトーデ保安局が注目したのは、数か月前のことである。ひとりの若い女性を殺害したことが疑いの余地なく証明されたにもかかわらず、ホルは繰り返し自身の無実を訴え、メディアを大いに騒がせた。（当時の〈健康的人間理性〉の記事はこちらから。）今年五月、モーリッツ・ホルは自殺によって当局からのさらなる措置を逃れた。彼の言葉「君たちは己の迷妄の祭壇に僕を生贄として捧げようとしているんだ」は有名になり、反メトーデ思想を持つ者たちの合言葉となった。

　最新の知見によれば、モーリッツ・ホルは子供のころに重病を患っている。「モーリッツは自分が誰からも理解されていないと感じていました。両親からも、友人からも、私からも。だから子供のころは、私たちと話すより、動物や植物と話すことのほうが多かったのです」と、姉のミーア・ホルは語る。こういった事情も含めた様々な要因を考慮すれば、モーリッツ・ホルを危険人物と見なすことは妥当であると言えよう。彼の死はＲＡＫをさらなる行動へと走らせるきっかけとなり得る。

「問題は卑劣なテロ攻撃があるかどうかではなく、単に、いつあるか、なのです」今朝、保安大臣は記者会見でそう述べた。保安省は市民ひとりひとりを守るために全力を尽くしている。しかし、彼らには我々の支えが必要だ。いまこそ市民の注意と注視が求められている。〈メトーデ〉体制の維持は市民全員にとっての懸案事項であり、「善意溢れる平和的な体制」の懐で安眠を貪るような無力な自己欺瞞に堕している余裕はない。市民よ、目をしっかり開けていろ！

フェンスにまたがった女

想像上の恋人は、柔らかな声で記事を朗読してくれた。彼女の口から出ると、クラーマーの暴言も叙事詩の一節のように響く。またしてもフィットネスバイクにまたがっていたミーアは、朗読が終わると、マイナスになっている走行距離を縮めるために必死でペダルを踏むのをやめて、拍手をする。

「ブラヴォー！　傑作ね。『モーリッツは自分が誰からも理解されていないと感じていました、と姉のミーア・ホルは語る』。名人芸だわ」

「人類史上ここまで図々しい記事もないわ」想像上の恋人が言う。怒りで頭に血が上り、頬が真っ赤になっている。

「こういう図々しい話はこの世界には毎日のようにある」ミーアは言う。「適当に新聞をどれか買って読むだけで、わかるじゃない」

「私がいま読み聞かせたのがなにか、わかってる？」

「反メトーデ主義を目の敵にした扇動記事でしょ」

「違う。あんたに対する個人的な訴状よ」

「それは大げさよ」ミーアは再び懸命にペダルを踏み始める。「妄想が妄想を抱くなんて知らなかったわ」

「あんたにはわかってないのよ、ミーア・ホル。あの男はモーリッツを公の場で堂々とテロリスト呼ばわりして、あんたのフルネームを一緒に載せた。これであんたの匿名性は終わり。これからどうするつもり？」

「どうするって？」ミーアは笑う。「どうしてなにかしなきゃならないの？　私はフィットネスバイクにまたがって、運動義務をこなす。そのあいだに周りの世界が螺旋を描いてぐるぐる見知らぬ目的地に向かおうと。見てのとおり、私がなにをしようとしまいと、もうすでに最悪の状況なんだから」

「あんたはどんなことでも無害だと思いたがるのよね。モーリッツは子供じみてただけ、でしょ？で、クラーマーはただの政治マニアかなんか？　そして、あんたは――あんた自身は、自転車マシンに乗った善良な市民ってわけ？　あんたの正体を教えてあげる。卑怯者よ。あんたの極度の合理主義も、白か黒かの世界観も、私はなんでもよく知ってますって仕草も全部、目的はたったひとつ。

一生のあいだ肩をすくめて、関係ありませんって顔で生きていくためなのよ」

「肩をすくめたせいで死んだ人はいない。でも、英雄気取りや理想や幻想や自己犠牲のせいで、この世界はもう何度も破滅に追いやられてきた。私にいったいなにを望んでるわけ？　窓から身を乗り出して、クラーマーの首を取れ、革命を起こせって叫べとでも？」

「それも悪くないかも」

「いい加減にして！」ミーアの声には、嘲笑の背後に隠れた本物の怒りが滲む。「あんたのあいまいな演説にはうんざり」

「じゃあもっと具体的に話してあげる」想像上の恋人は、心を落ち着かせるために何度か深呼吸をする。「はじめの一歩——モーリッツが〈メトーデ〉の犠牲になったこと、あのクラーマーって男がそこに一枚嚙んでいたことを認める。第二歩——『〈メトーデ〉は弟を殺し、それによって不正な体制であることを露呈した』とはっきり口に出す。第三歩——ローゼントレーターに電話する。第四歩——ローゼントレーターとふたりで、クラーマーを誹謗中傷で訴える。第五歩——自由思想のジャーナリストを探してインタビューをしてもらって……」

「へえ」ミーアは嘲笑する。「あのクラーマーって男は、そりゃあ怖がるでしょうね。素晴らしい提案だわ、想像上の恋人さん。人間の努力の無意味さに、さらに挑戦のバカバカしさまで付け加えるご提案」

「ねえ、自分で気づいてる？　あんたは第一歩と第二歩のことなんか考えたことさえないっていうのに、第四歩と第五歩を実行しちゃってるのよ。あんたは怖いのよ、ミーア・ホル。最初の二歩を実行したら、つまり、はっきりと弟の側についたら、そこから先はなにひとつバカバカしいなんて思えなくなるわよ」

　これはこたえた。ときどき暴力的なまでの正論の前で、どんな答えも無意味になることがある。一方では――でも他方では、という永遠の循環を断ち切るすっぱりした正論。まるで天国にいるかのような静寂が訪れる。ミーアはうつむき、自分の足がペダルをこぐのを見つめながら、数秒のあいだなにも考えずにいる。

「ねえミーア、魔女ってなにか知ってる？」

　ミーアは驚いて顔を上げる。投げかけられた新しい言葉に意識を集中するには、かなりの努力を必要とする。

「魔女って、あの腰が曲がってて、箒にまたがってる？　最後にはパン焼き窯とか火刑台とかで殺される、あの魔女？」

「魔女《ヘクセ》はね、古語では〈ハガツッサ〉っていうの。〈垣根の精〉みたいな意味。つまり、魔女っていうのは垣根の上で生きる存在なわけ。箒は、もともとは先端が割れた垣根のポールだったのよ」

「それが私となんの関係があるわけ？」

「垣根やフェンスは境界を表してるのよ、ミーア。魔女っていうのはフェンスにまたがった女で、文明と野生との境にいるわけ。こちら側とあちら側、生と死、身体と精神の境に。肯定と否定、信仰と無神論の境に。魔女は自分がどちら側に属するのかわからない。彼女の領土は〈境界〉にあるの。こう言われて、誰かのことが思い浮かばない？」

　ミーアは答えない。フィットネスバイクから降りて、窓際に行く。一羽の鳥が植木鉢に着地して、人工の花をついばんで失望し、ミーアに非難がましい視線を向けると、また飛び立っていく。

「どちらの側も選ばない人間は、アウトサイダーになる」想像上の恋人が続ける。「そして、アウトサイダーの生き方は危険。権力はときどき、自分の強さを証明するために敵を必要とするから。特に内部で体制に対する信仰が揺らいでいるときには。アウトサイダーは敵に仕立てるのに適してる。なぜなら彼らは、自分がなにを欲しているかをわかっていないから。彼らは木から落ちた果物みたいに価値のない存在」

「私はアウトサイダーじゃない」ミーアは弱々しい声で反論する。

「あんたは心の奥深くでは、他人と付き合うのは時間の無駄遣いだと思ってる。わずかな例外はあるけど、そのうち半分はもう死んでるし、もう半分は天敵ときてる。アウトサイダーになるには、それでじゅうぶんよ」

ミーアは頑なに、想像上の恋人がなにを言いたいのか理解できないといった風を装ってはいるが、内心では、彼女があらゆる点で正しいことを認めるという悲しい作業に従事している。もちろん、想像上の恋人がなにを言いたいのかはわかっている。〈メトーデ〉は市民の健康を標準状態とする思想の上に成り立っている。だが標準とはなんだろう？　ひとつにはそれは、そこにすでにあるもののすべて、すなわち日常、通常の状態のことだ。だが他方では、標準とはなんらかの基準を、つまり「あるべき状態」を意味してもいる。それゆえ、標準とは諸刃の剣であり得る。通常の状態に則って人を判断し、この人は標準的だ、健康であり、従って善だという結論を出すこともできる。または「あるべき状態」を基準としてハードルを上げ、この人は落伍者だと決定することもできる。決定者の意思次第だ。社会の一員でいる限り、この剣は身を守る武器になる。だが社会の外側にいる者にとって、この剣は恐ろしい脅威だ。「病気」にされてしまう。

ミーアは、デパートだろうが、特急列車だろうが、職場だろうが、とにかく公共の場所を、決して馴染んだ巣だとは感じない。入っていって、大声で挨拶し、全員の肩をぽんと叩いて、私のケーキの分け前はどこ、と訊いたりは決してしない。たいていの場合、自分の存在を誰にも気づかれたくないと思っている。家のなかから共用廊下に耳を澄ませて、すべてが静まり返っているかを確かめてからでなければ外出しない日もある。ミーアは、自分と自分の思索のためだけの時間と空間を必要としている。仕事の後は、なんらかのグループ活動に参加するのではなく、家に帰る。晩にはスポーツクラブの役員を務めるのではなく、フィットネスバイクにまたがって過ごす。目に見えない人間と会話をする――親友や夫とではなく。

想像上の恋人は、ミーアがモーリッツとまったく同じだと言いたいのだ。ただミーアが、自分が毛色の違う人間であることを体制に対する過剰な忠誠によって隠そうとしているのに対して、モーリッツは自分の異質性をまるでトロフィーのように掲げて世間に見せつけていた。いまはまだ、ミーアのことを「標準的ではない」と言う者はいない。だが、「標準的」だと呼ぶ人間もいないだろう。ミーアはフェンスにまたがった女なのだ。

「私に警告したいの？」ミーアは訊く。

想像上の恋人は黙ったままうなずく。

「ありがとう、ご親切に」ミーアは言う。「でも、そんな必要ないから。人は自分の居場所を選ぶことはできない。ただ板を持っていくだけ。その板で他人が作った家のなかで、毎日を過ごすの」

「ひとつだけ、これまで誰もが決断してきたことがある」想像上の恋人が言う。「加害者になるか――被害者になるか」

この言葉に対するミーアの答えを聞いて、想像上の恋人は絶望のあまり頭を抱える。

「私はどちらになるのも嫌」

毛皮と角、第二部

「もちろん嫌だよ」モーリッツは言った。「だから僕は、どちらにもならないことを選ぶ。ちなみに、ほかのことでもたいていは同じだよ」

仲直りのしるしに、ミーアもまた靴と靴下を脱いで、ズボンの裾をたくし上げていた。姉弟は並んで、川に浸した足をぶらぶらさせていた。

「そうそう、あの夜ミーアが言ったこと、ちゃんと聞こえてたから」モーリッツはミーアの脇腹を軽くつついた。「ほら、玄関先で」

「私があんたの家だっていうやつ？」

釣竿が地面に落ちた。モーリッツが突然ミーアを引き寄せて、ぎゅっと抱きしめたからだ。あまりに激しい抱擁で、ミーアの身体はモーリッツの腕のなかに消えてしまうほどだった。人間にとって最大の呪いは、人生で最も幸せな瞬間に気づくのが、常に後になってからだということだ。

「大丈夫？」モーリッツが体を離すと、ミーアは訊いた。

「たぶん。人生の半分を哲学を学ぶことに使ってきたんだから、死っていう現象に対処できないなんてことはないよ」

モーリッツは人差し指を立てて、熱弁をふるい始めた。自分がすっかり元通りであることを証明しようとする表情で。

「僕らは暗闇から来て暗闇に帰る。そのあいだにさまざまな体験をする。でも最初と終わり、つまり誕生と死とを体験することはない。このふたつは主観的なものじゃなくて、完全に客観の領域にあるんだ。ま、そういうことだよ」

弟が似非《えせ》教授に見えて、ミーアは思わず笑ってしまった。

「ということは、人は自分のために生きて、人のために死ぬってことね」

「それがいいところさ」モーリッツが言った。「逆だったら目も当てられないよ。ただね、〈自分のために生きる〉際には、ほかの人間を避けるために、いろんな局面でくるりと背を向けて逃げ出すのを忘れちゃだめだ。だって、他人と出くわすことがなにを意味するかは、わかってるだろ？」

「あんたの場合は、たぶん面倒ごとが起きるんでしょうね」

「決断を強制されるんだよ。自分自身を裏切るか、さもなければ、考えていることをはっきり口に出して自分を危険にさらすか」

「そんなの、これまでもずっとそうだった」ミーアは苛立ちながら言った。せっかくいい雰囲気だったのだから、政治的な議論をする気にはなれなかった。「〈メトーデ〉とは関係ない」

「そのとおり！　たとえば電車に乗るだけで、もう始まっちゃうんだ。僕は大声で歌いたかったり、たくさんの買い物袋を提げた女の人にキスをしたかったりする。または、あんまりにも高すぎる運賃を払いたくないとかね。でも結局、僕は運賃を払って、歌わずに静かに座って、〈健康的人間理性〉で顔を隠すんだ。なあ、どうして僕が絶対どんな組織にも属さないか、わかる？　たとえばRAKみたいな組織にさ。ま、そんなのが本当に存在すればの話だけど。〈メトーデ〉体制で生きるのとまったく同じ問題を抱えることになるからだよ。きっとこう考えろ、こう言え、こうしろって強制されるから。でも僕が唯一求めるのは、僕個人の現実を生きることなんだ。僕の頭のなかでは、ジビレは生き続ける。僕の頭のなかでは、自由が存在する。僕の頭のなかでは、みんなが夜中に路上で踊ったり飲んだり騒いだりする。警官たちは脇に立ってて、おしゃべりしながらその様子を見てるんだ。地域の住民が騒音に苦情を言いにくると、警官はのっそり顔を上げて、こう言う――苦情があるなら警察を呼びなさい」

モーリッツは笑って、ポケットをごそごそ探ると、煙草を取り出し、火をつけた。ミーアは顔をしかめたものの、手は出さなかった。

「喧嘩はしたくない」ミーアは言った。「でもね、そのあなた個人の現実ってやつのせいで、あなたはみんな共通の現実と向き合えなくなる」

「そのとおり」モーリッツは口に煙草をくわえたまま、再び釣竿を振った。「いつだってふらふら揺れてなきゃ。主観、客観、主観、客観ってね。順応、抵抗。ついたり、消えたり。自由な人間は、壊れたランプと同じだよ」

ミーアが答える間もなく、茂みがかさかさ音を立てた。ミーアは顔を上げて、鹿か、または毛皮と角のある巨大な細菌を思い浮かべた。ところが、姿を現したのは制服姿の警官だった。その後ろから、さらにひとり。さらにもうひとり。モーリッツは驚愕のあまり、火のついた煙草を川に投げ捨てることさえできずにいた。一秒もたたずに、警官たちはモーリッツを力ずくで立ち上がらせ、彼の両手を背中に回して、手錠をかけた。

「モーリッツ・ホル」ひとり目の警官が言った。「ジビレ・マイラー強姦および殺害の容疑で逮捕する」

「あなたには黙秘の権利があります」二人目の警官が言った。「あなたの発言はすべて、法廷であなたに不利に使われる可能性があります」

「あなたには弁護士を呼ぶ権利があります」ひとり目が言った。

「弟を放して！」ミーアは叫んだ。

「苦情があるなら」モーリッツは絶望的な目で姉を見つめて言った。「警察を呼びなさい」

「ご不快な思いをさせてしまって申し訳ありません」三人目の警官が言った。

黙秘の権利

「そうしてモーリッツは行ってしまった」ミーアは川に語りかける。「きっと刑務所で、あなたと魚たちに会いたいと思ってたはず」

ミーアは靴と靴下を脱いで、川の水に浸した足をぶらぶらさせている。ミーアの隣は空っぽだ。それでも週に一度散歩をする習慣は守り続けている。モーリッツがいなくなってからも。いつもの散歩道は、受難の道となった。さまざまな場所で足を止める。立入禁止の標識、下草、森の小道。

終点には、森の空き地と川から成る大聖堂。

「あなたにもう一度会うためなら、モーリッツは二度目の生を受け入れたかも」

嫉妬を感じて、ミーアは足の裏で川面《かわも》を叩く。水が跳ねる。川は気にする様子もなく、流れ続ける。茂みがかさかさ音を立てたとき、ミーアは驚愕のあまり、火のついた煙草を川に投げ捨てることさえできない。姿を現した人間を見て、まるで悪夢のようだと思う。

「ミーア・ホル」ひとり目の警官が言う。「反メトーデ的謀略および反メトーデ組織統率の疑いで逮捕する」

なにが起きているのか理解する間もなく、警官たちはミーアを引っ張って立たせ、ミーアの腕を背中に回す。

「ここで誰を待っていた?」二人目の警官が訊く。

「あなたには黙秘の権利があります」ひとり目の警官が言う。

二人目の警官が手の力を強め、ミーアは叫び声を上げる。

「さあ、言え!」二人目の警官が怒鳴る。「ここで誰と待ち合わせをしている?」

「誰とも」ミーアは言う。「靴を履かせて」

「ご不快な思いをさせてしまって申し訳ありません」三人目の警官が言う。

ミーアの右手は背中の一か所に当たっている。これまで届くとは思ってもみなかった場所だ。誰かの親指が喉に当てられ、ミーアはこういった場合の義務でさえある叫ぶという行為から解放される。痛みのせいで、視界を白い染みがぐるぐると回る。制服警官たちは力を合わせて、大聖堂のなか、ミーアを引きずっていく。

家具が運び込まれていた。家具と人とが。さらなる机、椅子、重い証言台、さらなる黒服の人形たち、それにミーアの裁判が始まって以来初めて、民間の傍聴者も数人。記者たちの一団が装備を取り出し、準備している。裁判所の空間はこれまでよりも広々している。それはここが大法廷だからだ。ミーアは前方に裁判官のゾフィがいるのに気づく。金髪をポニーテールにして、緊張しているときの癖で鉛筆を嚙んでいる。公共の利益の代理人である検察官ベルもいて、いつものように両手を机の端につき、人を馬鹿にしたような顔を周囲に見せつけている。どんなことでも世界中のほかの者たちよりよく知る人間だと、国家からのお墨付きを得ているからだ。傍聴席の最前列にはクラーマーが座っていて、絶え間なくミーアに視線を向ける。まるで、ずっと会えなくて寂しかったとでもいうかのように。ときどきミーアに手を振りさえする。ほかにミーアの知っている人間といえば、もちろんルッツ・ローゼントレーターがいる。遅刻してきて、ミーアの隣に座ると、大量に抱えてきた書類を整理し始める。この場の誰とも目を合わせようとせず、なにか楽しい想像に浸っているかのように満足そうな様子だ。

「副裁判長のフートシュナイダー判事」ローゼントレーターは、書類をめくりながら小声でミーアに言う。「それに、州裁判所メトーデ保安部のヴェーバー判事。陪席判事がふたりに、書記課の役人ひとりに、記録係。君を見張るための医師と警備員。君ひとりのために、これだけの舞台が用意されたんだ。誇らしく思っていいよ」

実際、ミーアは怖れとともに、説明しがたい喜びを感じている。まるで大がかりな誕生日パーティー前夜の子供のように。ただ、パーティーのための衣装はもっと快適なもののほうがよかった。いまミーアが着せられているのは、身体を動かすたびにカサカサと音を立てる紙製の白い上下だ。医師がミーアに近づいてきて、またしても消毒液を振りかける。今日はすでに三度目だ。そして陪席判事のひとりの指示に従って、ミーアの腕に埋め込まれたチップを読み取る。

「もう些細な軽犯罪裁判じゃないし、親切にも君を助けようっていうポーズもない」ローゼントレーターが言う。「メトーデ保安のこととなったら、彼らは徹底的にやるからね」

「これまでずっとどこにいたのよ?」ミーアは訊く。「最初は私に張り付いてたくせに、私が必要とするときには姿をくらますなんて。もう少しで別の弁護士を付けられるところだったんだから」

「調査をしてたんだ。非常に興味深い件でね」

「それはお仕事熱心なことで」

ローゼントレーターは、初めてミーアのほうを向く。輝くような笑顔だ。どうやら上機嫌のあまり、ミーアの言葉に込められた皮肉に気づくこともできないようだ。

「開廷します」ゾフィがそう言って、法廷をぐるりと見回す。だがその視線はミーアの上を素通りする。まるでふたりは一度も会ったことなどないかのように。そして今日も特に関わる予定などないかのように。「審理当事者全員の出席が確認されました。起訴状の読み上げをお願いします」

ベル検事がもったいぶった様子で立ち上がる。

「サンテ、皆さん」と言って、すでに起訴状の内容を暗記しているにもかかわらず、ファイルを開く。

「被告人は反メトーデ組織を指導したとして、反メトーデ的謀略の罪で起訴されています。さらに、重大な事案として、薬物不正使用の反復が加わります。検察の起訴理由は次のとおりです。一、被告人は公私にわたって反メトーデ的言論活動を行っている。証人であるクラーマー氏の証言によれば、被告人は、被告人の弟が体制の犠牲者であると確信している。それゆえ被告人は、本人の供述によれば、今後も我が国の法に従うことを拒んでいる。被告人の言葉を引用します」ベルはせわしなく書類をめくる。「ミーア・ホルの代理人の発言をそのまま記録したものです。『当局に介入されないことが、自身の問題を乗り越えるための最善の道であるとの考えです。〈メトーデ〉の諸機関からはそっとしておいてほしい』」

「もう結構です」ゾフィが言う。「その発言はすでに本法廷の知るところです。私もその場にいました」

「二、被告人は、RAK活動家と推測される者たちの集会場所としてメトーデ保安局に知られる場所で逮捕された。保安局員によれば、被告人はその場所で喫煙をしていた」

「被告人が薬物不正使用を繰り返す傾向にあることも、本法廷の知るところです」ゾフィが、彼女には不似合いな皮肉をこめた口調で言う。

「被告人は、反メトーデ活動家の集会場所でなにをしていたのかという問いに、〈ダレトモ〉なる人物と会うことになっていたと述べた。これは〈ダレトモ〉というコードネームを持つRAKの連絡役がいる可能性を示唆するものである」

「くだらない憶測です」ローゼントレーターが言う。「せいぜい駄洒落のネタにしかなりません」

「弁護人は発言の順番が回ってくるのを待ってください」ゾフィが言う。「審理から除外されるのを避けたいのであれば、ですが」

「クラーマー証人が本法廷で証言することを許可してくださるようお願いします」ベルが言う。「さらに検察は、思想テスト実施の許可を申請いたします」

「許可します」ゾフィが言う。「では弁護人、そちらの申請は?」

「審理の中断を」ローゼントレーターが言う。「まずは、裁判所の管轄権に関して明らかにするべき予備的な問題がありますので」

「不可抗力の厄災の申請にこだわるということですか?」ゾフィは楽しげとさえ言える驚きの表情を浮かべて尋ねる。

「もちろんです。さらに、本審理は偏見を理由に破棄されるべきものと考えます」

法廷内にざわめきが広がる。ゾフィはローゼントレーターをまじまじと見つめ、ローゼントレーターはその視線を堂々と受け止める。やがてゾフィは、ふたりの陪席判事フートシュナイダーとヴェーバーのほうに身体をかがめて、二言、三言囁き交わす。

「却下します」正面に向き直って、ゾフィは言う。「審理は続行します。弁護人には規定の範囲内での言動をお勧めします。依頼人の利益のために。ホルさん、思想テストをしますので、前に出てきてください」

「行くんだ」まるで外国語の映画を見ているかのようなぽかんとした顔でここまでのやりとりを追っていたミーアに、ローゼントレーターが言う。ローゼントレーターに脇をつつかれて、ミーアはようやく立ち上がると、紙製の服をカサカサいわせながら、被告人席をぐるりと回り、裁判官席に向かい合って置かれた小さな机の前に座る。

「宣誓の言葉とか、いらないんですか？」

「証人は宣誓をしますが、被告人はしません」ゾフィが言う。「裁判の進行をきちんと教えてくれる弁護人を探したほうがいいかもしれませんよ。その……次のときのために」

「ホルさん、まず最初に、ご自身のことを少しお話しください」ベル検事が言う。

「私は自然科学者です」ミーアは言う。「テロリストではありません」

傍聴席に笑いが起きる。ゾフィが脅すように手を振って収める。

「ちょっと、お願いしますよ」ベルが言う。「あなたは話すのが大好きじゃないですか。いまがその機会ですよ。我々の政治体制については、どう考えていますか？」

「自然科学によって」ミーアは言う。「人間と人間を超える存在との長年の結婚には終止符が打たれました。魂というのはこの結婚から生まれた子供ですが、その魂は養子に出されることになりました。残ったのは身体で、我々はあらゆる努力をここに注ぎ込んでいます。身体は私たちにとって教会であり、祭壇であり、偶像であり、犠牲であります。聖なるものとして崇められ、同時に奴隷化されています。身体はすべてです。これは論理的に不可避の帰結です。私の言っていること、わかりますか？」

「いいえ」ベルが言う。

「すべてわかります」ゾフィが言う。「続けてください」

「これが論理的に不可避の帰結であることを理解できれば、ものごとの成り行きに抵抗するのが無意味なこともわかります。反メトーデ活動家？　ＲＡＫ？　革命？」ミーアはだんだん勢いづき、紙の上着の袖をまくる。「革命についての私の考えをお話しします。革命というのは、多数派となんの違いもないにもかかわらず、一定の期間、決定権を握ってきた少数派に対して、多数派が反乱を起こすことです。狼の群れが自分たちのボスを噛み殺すのを目にしたら、どう考えますか？」

ミーアはクラーマーのほうを向く。まるで彼ひとりに向けて話しているかのように。クラーマーは顎をしゃくって、ミーアに前を向くよう促す。

「新しいボスの時代が来たんだな、と考えるんじゃないですか。自然な現象だと。簡単なことです。革命の話だろうと――ほかの、権力と被支配だとか、政治だとか、〈メトーデ〉だとか、経済だとか、公共の利益と個人の利益だとか、私たちにとって重要で複雑に見えることがらを理解するために造り出された無数の概念の話だろうと――最後に残るのはたったひとつ、それらはすべて人間どうしの、人間だけが関わる概念だという事実だけです。こういった概念に神が介入することがなくなって以来、すべては月並みな事象になってしまいました。数年ごとにボスを追い出す狼の群れと同じです」

ベルは落ち着かない様子でもぞもぞしている。ローブの下でまたしてもバラバラの骨の山になりかけているかのようだ。

「正直言って」ベルが言う。「我々があなたのご高説を理解できたとは思えませんね」

「私は理解できました」ゾフィが言う。「ホルさんは、革命というのは我々の一般的な見方によればその価値になんの違いもない人間どうしのあいだに起こるもので、そこには意味を見いだせないと言っているんです。私は彼女のこの発言を、判決を決定する際の参考にしようと思います」

「ちょっと待ってください」フートシュナイダー判事が言う。「ホルさんは、群れが――ええとつまり、社会が、数年ごとにボス……いや指導者……いや政府、ということですか……を無力化するのはごく普通のことだとも言っています」

「でも私は」ミーアは叫ぶ。「私はそういうことに関わりたくないんです！　弟は、私が〈メトーデ〉を支持するのは人間を軽蔑しているからだと言って非難しました。その言葉に、私は反論できませんでした。でも裏を返せば、弟の言葉は私が〈メトーデ〉支持者だということを表しているじゃないですか」

「あなたが人間を軽蔑しているという理由で国家体制を支持しているのなら、結局、国家をも軽蔑していることになります」フートシュナイダー判事が賢《さか》しげに言う。言葉のリズムに合わせてペンで宙をつつきながら。

「ここは裁判所なんですか？　それともディベートクラブ？」ベルがそう叫んで、法廷の空気が淀んでいるかのように、片手で襟もとを緩める。

「最初の警告です」ゾフィが言う。

「我が国の体制は私たちに、理性を使えと教えています」ミーアは言う。「私は理性の塊です。学校に通っていたころから、どんな問題も少なくともふたつの視点から見るようにと教えられました。理性はすべてを、ふたつの互いに矛盾する部分に割ります。双方を足し合わせればゼロになります」

「今度はこちらの番です」ベルが叫ぶ。「ホルさんは良心を持たないことを褒めたたえる演説をしています！」

「理性が私を境界例にしています。こちらとあちらの狭間に生きる存在に。なんの決定権も持たない機関と同じで、私は完全に無害な存在です」

「私にはその真逆に思われますが」フートシュナイダー判事が言う。

「ホルさん」ゾフィはそう呼びかけ、これまで一度もしたことがない行動に出る。後頭部に手を回して、ポニーテールをほどいたのだ。「我々は以前、個人の利益と公共の利益の関係について話し合ったことがありましたね。もう一度、本法廷に、この問題についてのあなたの個人的な見解を教えていただけますか？」

「国家は生命と幸福を求める人間の自然な努力に奉仕しなければなりません」言われたとおり、ミーアは話し始める。「そうでなければ、国家による支配は正当とは言えません。個人の利益と公共の利益は両立可能でなければなりません」

「そこに向かって非常に多くの人が努力しています」ゾフィが言う。「それに私の意見では、その努力はある程度実を結んでいると言っていいと思います」

「それはよかった」ミーアは小声で言う。「でも、それだけでじゅうぶんかどうか——ある程度でいいのかどうか。この意味での国家の正当性を問うためには、人間には備わっていない能力が必要とされるのではないでしょうか。無謬性という能力が」

「それだ！」ベルが歓声をあげる。「ようやく尻尾をつかんだぞ。被告人が言いたいのは、〈メトーデ〉体制における誤謬が……抵抗を正当化すると……」ベルの声は裏返っている。調子が狂ったようだ。「検察の要求は……」

「裁判長」これまで自分の席で目を半ば閉じており、ミーアに対する審問をそもそも聞いているのかさえ定かでなかったローゼントレーターが、発言する。「弁護側は、本審理において重要なモーリッツ・ホルに関する資料を使用する許可を申請します」

ミーアとゾフィの視線が合い、一瞬の間が訪れる。郊外の畑の古びた柵が音もなく朽ちていく。地平線まで延々と並んだ風車が回る。ゆっくり、のんびりした回り方で、まるで風によって回っているのではなく、回転翼こそが風を起こしているかのようだ、とミーアは思う。ところが実は、ここで人間が思想テストなどをしているあいだも法廷の電灯がともり続けているのは、ほかのなにものでもない、風のおかげだというのに、と。世界とは私の理性の外側に映るもののことだ、とミーアは思う。一瞬の間が終わると、たったいまローゼントレーターがなにを要求したのか、ミーアはもう忘れている。どちらにせよ、彼の申請の意味は最初から理解できなかった。

「許可します」ゾフィが言う。

この言葉でゾフィは、自身の職業上の死刑宣告に署名したことになる。だが皮肉なことに本人は、自分にとっての最大の問題はフートシュナイダーとヴェーバー両判事の苦々しい顔だと思っている。このふたりはゾフィに怒りをぶつけることだろう。弁護士ローゼントレーターは感じのいい若者ではあるが、公判に関係のない資料を持ち込むことは、審理が長引くことを意味する。公判に関係のない資料を持ち込むことは、風呂敷を広げすぎて、とうに自分では手に負えなくなっているという点で、どうせ判事間での意見は一致しているというのに。そもそも、たとえこの力不足の弁護士がいなくても、政治的な圧力のせいですでに難しい裁判なのだ。ゾフィには彼らの意見がわかっていたが、それでも弁護人の申請を許可しないわけにはいかなかった。ひとつには、被告のみならず検察までもが常にモーリッツ・ホルを話題にしているからには、それが法律的に正しい判断だからだ。それに、ローゼントレーターは明らかにこの件に多くの労力を注ぎ込んだようだ。弁護人席に座って、机に山積みの書類を積み替えながら、どこから始めていいかわからずにいる様子のローゼントレーターが、なんだか気の毒だった。ローゼントレーターがはやる気持ちを隠しきれずにいる様子を、ゾフィは誤解し、神経質になっていると受け止めているのだ。

ローゼントレーターが自他ともに認める感じのいい人間であるのと同様、ゾフィもまた自他ともに認める善き人間だ。善であるためには、すべてを正しく行うためのたゆまぬ努力が必要とされる。善き人は、どんな事件にもあらゆる面から光を当てねばならない。たとえ被告に共感できなくとも。そして、ベルとフートシュナイダーとヴェーバーという三人の紳士の昼食時間が後ろにずれようとも。善き人は、他者の仕事を尊重せねばならない。たとえ彼らが汗をかき、弁護人席から書類を投げ捨て、持ち込んだメモリーカードの挿入口が見つけられずにいても。驚くべきことにほんのコンマ数秒で人間の頭のなかを駆け巡るこういった思索のせいで、ゾフィはなす術《すべ》もなく墜落していく。自らにはなんの落ち度もないまま。

ローゼントレーターはついに正しい挿入口を見つける。壁のモニターからミーアの顔が消え、代わりにモーリッツが映し出される。美しい顔にはどこか少年のようなところがある。腕白小僧のような微笑みと、一般的に「いたずらっぽい目」と言われる瞳。心の準備をしていなかったミーアは目をそらし、両手で顔を覆う。ローゼントレーターが人差し指を持ち上げると、画面が替わり、奇妙な写真が壁いっぱいに映し出される。そこにあるのは円形のなにかで、その下に豆のような形をしたいくつもの物体が漂っている。その湾曲した物体は、黒い粒状のなにかと白い包みに覆われている。

「血液です」ローゼントレーターが言う。「といっても、特殊な血液です」

再び人差し指を持ち上げる。次の写真に写っているのは、白い泡が寄り集まったもので、ところどころまばらに赤い泡も混じっている。

「白血球が異常に増えています。この写真では白血球がはっきりわかります」

「いったいなんなんですか？」ベルが尋ねる。「臨床診断の授業かなにかですか？」

「弁護人は速やかに要点に移ってください」裁判長ゾフィと弁護人ローゼントレーターに交互に悪意の視線を送りつつ、フートシュナイダーが言う。

壁のモニターに、ＡＭＬ、ＡＬＬ、ＣＬＬといった略語が付いた四角形と円形から成る図形が映し出される。

「白血病細胞は骨髄に広がります」ローゼントレーターが言う。「そして肝臓、脾臓、リンパ節に浸潤し、これらの機能を損なう場合があります。モーリッツ・ホルは六歳のとき、血色の悪化、体力低下、骨の痛みといった症状に見舞われました。また、頻繁に青あざができました」

「体じゅう青あざだらけだった」ミーアが言う。「いつも殴られたみたいな見た目だった」

「異議あり、裁判長！」ベルが言う。「このような不愉快な演説がなにを意味するのか、私には……」

「幹細胞移植というのは」異議など意に介さず、ローゼントレーターは続ける。「モノクローナル抗体の投与と薬物療法と並んで、一般的な治療法です」

法廷にざわざわと落ち着かない雰囲気が広がるが、ローゼントレーターは頑固に無視を決め込む。だが裁判長が鉛筆を噛み始めたのを見て、早口になる。

「幹細胞移植の古典的な方法は、赤色骨髄の移植です。かつては適合するドナーを見つけるのが大変困難でした。しかし〈メトーデ〉のおかげで、現代の我々には、市民全員の組織特性を記録したデータバンクがあります。それ以来、匿名での骨髄提供の義務化が可能になりました。我々は誇りをもってこう言うことができます——我が国では白血病で亡くなる者はもういない、と」

「それは喜ばしいことです」ゾフィが言う。「ただ、弁護人の説明が本件にどのように役立つのかが不明である以上、これ以上の発言を禁じます」

「あと少しだけ！」ローゼントレーターが叫ぶ。「骨髄移植は本来、特に複雑なものではありません。骨髄はカテーテルを介して移植先に移されます。新しい骨髄は自ら道を見つけて移植先の骨に入り、約十日後には新しい血液細胞を作り始めます」

「いい加減にしてください！」ベルが叫ぶ。

「そろそろ秩序維持委員を……」フートシュナイダーが言う。

「いや、いっそのことすぐに警備員を」ヴェーバーが言う。

「裁判長」そのとき、傍聴席からクラーマーが声を上げる。「弁護人の演説を即刻中止させてください」

法廷の混乱のなか、その声は豊かで威厳があり、人間の喉ではなく、裁判所の天井から響くかのようだ。傍聴人たちの囁き交わす声がやむ。だがクラーマーの様子は、その言葉の持つ威力とは裏腹だ。背筋を伸ばしてまっすぐに座り、両手を膝に置いている。顔は蒼白になっていて、発言した後も唇が音もなく動き続けている。まるで、周りでいま起きていることを自分自身に説明しようと懸命になっているかのように。生まれて初めて事態の成り行きに不意打ちを食らった人間のように見える。だが実はクラーマーは、この場でただひとり、ローゼントレーターがどこに向かおうとしているのかを、たったいま理解したのだ。ローゼントレーターがなにを見つけたのかを。クラーマーとミーアは見つめ合う。システムは人間的だ――クラーマーの物言わぬ唇は、そう囁いていても不思議ではない。もちろんシステムにも穴はある、と。

「クラーマーさん」ゾフィが言う。「あなたは本審理の関係者ではありません。法廷で発言する権利はありません」

よく言われるとおり、ここで針が一本でも落ちれば、誰の耳にも聞こえるに違いない。ローゼントレーターまでもが彫像のように硬直して、モニターの前に立ち尽くしている。次の言葉が喉につかえて出てこないのだ。

「その点はいかようにも謝罪します」クラーマーが答える。「ですが、残念ながらどうしても……」

クラーマーが立ち上がると同時に、ローゼントレーターが息を吹き返す。

「移植のあと、白血病患者の血液型はドナーと同じになります！」ローゼントレーターは猛然と話し始める。まるで、狙撃者の猟銃を前にして、目的地にたどり着くには矢のように走るほかないとわかっている逃亡者のように。「患者は、ドナーの免疫システムも受け継ぎます。そして」

「ローゼントレーター！」クラーマーが叫ぶ。

「ＤＮＡも！」

ローゼントレーターは、神秘的な力でクラーマーをその場に縛りつけておくかのように、片腕を上げていた。モニターの写真が切り替わる。映し出されたのは、見知らぬ男性だ。年齢は五十歳ほど、頭を剃り上げており、顔に深い皺が刻まれているせいで、写真はまるでスケッチ画のように見える。

「これは」とローゼントレーターが言う。「ヴァルター・ハンネマンです。ジビレ・マイラー殺害犯と推測される男で、モーリッツ・ホルに骨髄を提供した人間でもあります」

「モーリッツ、私にはわかってた！」ミーアはそう叫んで、天を仰ぐ。「信じて！　私にはずっとわかってた！」

その場は崩壊し、誰もがばらばらに動き始める。ベル検事はすでに席を離れて、ローゼントレーターの袖をつかみ、息つく暇もなくなにかを語りかけている。状況が手に負えなくなった警備員は、万一に備えてミーアの肩を押さえている。フートシュナイダーは、なにやらわけのわからないことを電話に向かって怒鳴っている。傍聴人は我先にとひしめきあって出口へ向かう。記者たちは前方に走り出てくる。互いの声をかき消すほどの大声を張り上げて、ミーア・ホルに質問を投げかけながら。町の郊外の畑では、風向きの変化とともに、風力発電機が鈍重に回転翼の向きを変える。喧騒のまっただなかで、クラーマーは傍聴人席に沈み込み、爪の甘皮を点検し、文句のつけようもなく整った髪を何度も何度もなでつけている。ゾフィは髪をほどいたまま裁判長席に座り、顔を隠そうともせず、涙が頬を流れるにまかせている。塩分を含むアルカリ性の分泌物、と、裁判長が泣くのを注意深く見つめて、ミーアは考える。神経が強く動揺したときに身体から絞り出される液体。周知のとおり脂質とムチンも含有する。

「ゾフィ」ミーアは言う。「あなたのせいじゃない」

喧騒のなか、ミーアの言葉が裁判長に届いたかどうかはわからない。ふたりは今後、二度と会うことはない。

それでこそミーア

ドリスは階段を大股で駆け上がり、リッツィの部屋のインターフォンを押したまま、ドアが開くまで指を放そうとしない。ドアを開けたのはリッツィではなく、ポルシェだ。たったいま幽霊を見たかのような真っ青な顔で、戸口に立っている。

「テレビつけて！」ドリスは、言い終わるより前に、なかからの音で悟った。テレビはもうついている。それも、すべての部屋で。

「幹細胞だとか」ポルシェが言う。「司法スキャンダルだとか。私、なにひとつわからない」

「それはあんたが馬鹿だから！」リッツィがキッチンから怒鳴る。「みんなが間違ってたの。裁判所も。警察も。もうなにひとつ信じられない」

「ほら、またミーアが！」ドリスはまるで根が生えたかのように戸口に立ったまま、壁のテレビを指さす。ミーアの顔はマイクの山の後ろに隠れそうだ。「ミーアはいい人なのよ！　私は最初から知ってた」ドリスは、彼女を室内に引っ張り入れようとするポルシェの手を苛立たしげに振り払う。

「私だけが知ってた」

「ホルさん」レポーターが問いかける声がする。「今日の審理の結果は、ホルさんにとって驚きでしたか？」

「弟のことですから。弟のことならよく知っていましたから」

「ホルさん、いまのお気持ちは？」

「恥ずかしく思っています。弟の無実を信じてはいました。でもそこまで強くは信じていなかったのではと」

「どういう意味ですか？」

「弟のことを信じていたのに、そこから当然導き出されるはずの結論に思い至らなかった」

「ホルさん、このような間違いを犯す〈メトーデ〉は、まだ正当と言えるでしょうか？」

「その質問には答えられません」ミーアが言う。

「そのほうがいい！」リッツィの声が廊下から響く。

「でも私は、その質問を投げかけ続けるつもりです」ミーアが言う。「何度でも、何度でも」

「それでこそミーアよ」ドリスは囁く。

　そこに実際、ミーアがやってくる。ローゼントレーターとともに階段を上ってくる。通常の服装に戻ったミーアは、足元を見つめて歩いてくる。

「ミーア」ふたりが階段を上りきると、ドリスは声をかける。「私たち、悪かったと思ってる」

「あんたはそう思ってるかもしれないけど」ポルシェが言う。

「私を見ないで」ミーアが叫ぶ。「私を見たらペストにかかるから！　結核に！　コレラに！　白血病に！」

　ポルシェはなんとかドリスを室内に引っ張り込むことに成功する。ドアがバタンと閉じる。

「行こう」ローゼントレーターが言う。「ほら。階段を上るんだ」

考え得る最大の勝利

「考え得る最大の勝利だ！」

ローゼントレーターは、違法のシャンパンのコルクを盛大に抜く。歴史的瞬間を祝っているのだ。偉大な政治の聖譚曲《オラトリオ》の序曲を。たとえこのオラトリオが演奏される日が決して来ないとしても、ローゼントレーターは類まれなる美しさを持つこの序曲を、心ゆくまで楽しみたいと思っている。死ぬほどの驚愕に陥れられた体制の鼓動は、くぐもったティンパニ。思いもつかない高さにまで上り詰めていくメディアの声は、トロンボーン。政治的宥和策《ゆうわさく》は、心を癒すハープの調べ。そしてそこに、世論という姦《かしま》しい弦楽合奏が加わる。

「だけど、なにより美しいのは第一ヴァイオリンの沈黙だよ！」ローゼントレーターは膝を叩いて大喜びする。そしてシャンパンをふたつの水飲みグラスに注ぐ。

ミーアは窓際に立って、夜の空が家々の屋根の上で、夏の雷雨の準備をするのを眺めている。まるで旅人のような気分だ。何日もプラットフォームにたたずんで、霧のかかった彼方を見つめて待ち続けた挙句、ついに列車が来た――けれど、反対側からだった。ローゼントレーターが注いでくれたシャンパンが、手の中でゆっくりとぬるくなっていく。

ローゼントレーターはすでに自分のグラスを半分空けている。シャンパンは、まるで空飛ぶ絨毯のように彼を宙に浮かせる。ローゼントレーターはアルコールにも法廷での成功にも、同じように慣れていない。優秀な学生ではなかった。大学の成績は、彼の才能ではなく、むしろ教授たちの好意を示すものだった。今日という日を、ローゼントレーターは半生のあいだ待ち望んでいた。それでも、勝利に酔うあまり理性を失うつもりはない。きっといまこの瞬間、彼の顔が全国の居間のテレビに映し出されているのは間違いない。テラスに出さえすれば、そこから感動した大衆に語りかけることができるほどだろう。それでも、賢明な男は知っているものだ——幸運は確かに強者を好むが、決して長くは留まらないものだと。

「ここまですごい序曲の後となると」ローゼントレーターは言う。「実績のある作曲家なら、まずは静かな落ち着いたパートを作る。つまり、僕たちは当面、姿を隠すんだ。そして慎重に次の手を検討する。結局のところ、僕は舞台裏の男だからね。これまでもずっとそうだった。サンテ」

「サンテ」想像上の恋人が言う。弁護士が目を離すたびに、ボトルから直接シャンパンを飲みながら。

ミーアには序曲は聴こえない。嵐が見える。通りの片側にしか街灯がないので、街路樹の影が向かいの家々の正面壁の上でまるで酔っぱらったかのように揺れ、ふらつきながら互いに手をつないでいるかに見える。風が家々のあらゆる隙間に吹き込み、開けっ放しのドアを揺さぶり、デスクの上の書類の束を散らす。ブラインドがカスタネットのようにカタカタ鳴り、庭のブランコやシーソーがぐらついて、まるで目に見えない子供たちが楽しく遊んでいるかのようだ。風はそれを見守り、工事現場のビニールシートを使って拍手する。街の家々の上空で、巨人がボウリングをしに集まったかのように、ゴロゴロと音がする。人はまだいるのだろうか？　嵐で家のなかに追い立てられた人々は、それぞれの部屋で、段ボール箱に閉じ込められた獣のように、眠ろうと努力している。自然が作り出す轟音を懸命に無視しながら。街と空とがパ・ド・ドゥを踊ることにする一方で、自分たち人間のちっぽけで高慢な生がどれほど無意味かを目の当たりにして苦しみながら。人間はこの演目の共演者ではない。観客でさえない。せいぜい掃き集められて側溝に捨てられる落ち葉のような存在だ。

「インタビューは受けない」ローゼントレーターが宣言する。「テレビにも出ない。できるだけ世間に顔を出さない。デリバリーサービスはなんのためにある？　メッセージサービスや電話は？　ミーア、いいかい、君はできればしばらくのあいだ家から出ないでくれ。おおい、聞いてるか？」ローゼントレーターがシャンパンボトルへと伸ばした手は空を切る。想像上の恋人がボトルを戻した場所が、カウチテーブルの上のもともとの場所よりずっと左寄りだったからだ。

「ミーア」想像上の恋人が言う。「少しはお祝いしなさいよ。あんたの弁護士は確かにしゃべり過ぎだけど、内容には一理ある」

嵐はとうに風車をとらえている。風車は回転翼がばらばらになりそうなすさまじい速度で回っている。翼が風を切る音が高まり、轟音になっていくところを、ミーアは想像する。それに、風車が宙に浮く様子を。まるで無数の巨大な飛行機が集まって、ひとつの大きな乗り物になったかのような光景。目に見えるのはプロペラだけで、そのプロペラを空に向けて、風車たちは街全体をも引っ張って上昇していく。

「今日からは」ミーアはゆっくりと言う。「彼の名前が、あらゆる理性を不可能にする。今日から私はどんなことも愛から行う。恐れずに」

「なんですって？」想像上の恋人が訊く。

「あんたのここ数日のお説教の意味が、ようやくわかった。誰かを信じるだけじゃ足りない。その人が無実だって知ってても、それでもまだ足りない。大切なのは、自分の全存在を懸けてその人の味方だと世界に公言することなのよ」

「そのとおり」想像上の恋人が言う。「さ、だからこっちに来て、ひと口飲みなさいよ」

「聞いて」ミーアは言う。

「聞いてるじゃないか」ローゼントレーターがほろ酔いの笑顔で言う。人生初のアルコールなのだ。

「あんた、何週間も心ここにあらずだったくせに」想像上の恋人がミーアに言う。「いきなり自分を取り戻し過ぎ」

「いい、よおく聞いて」ミーアはついに振り返り、仁王立ちして、想像上の恋人を見つめる。「第二歩」と、想像上の恋人の以前の言葉を引用する。「〈メトーデ〉は私の弟を殺し、それによって不正な体制であることを露呈した」

「確かに」ローゼントレーターが言う。一方、想像上の恋人は衝撃で目を伏せる。「でも、ことを急いでも仕方がない」

「第三歩。私は電話をかける。でもこの男にじゃない」ミーアはローゼントレーターに真正面から笑いかける。「だって、この男はもうここにいるから。第四歩。パンフレットを作る。第五歩。それを出版する」

「ミー《ィ》ア！《ァ》」想像上の恋人が叫ぶ。「頼むから、一瞬立ち止まって、よく考えてみてくれない？」

「あんたたちが私を前に押し出したんでしょ！　あんたたちは旗印が欲しかったのよ。矢面に立つ人間が！」

「またよそよそしい間柄に戻るのは嫌だな、ミーア・ホル」ローゼントレーターが恐る恐る言う。

「ましてや閣下《イア》なんて呼ばれたくないよ」

「私、ペストにかかってるの」ミーアは笑いながら言う。「レプラに。コレラに。私は病気なの。私は自由なの。病気。自由」

ローゼントレーターは手の甲で鼻を拭う。

「君は病気じゃない」と言う。

「たったいまから、誰かに名前を呼ばれても、私はもう振り向かない」

「あいつらが君に危害を加えるのを、僕たちは防がなくちゃならないんだ。万全の状態の君が必要だからね」

ミーアはローゼントレーターに一歩近づく。その目の奥にある光に、ローゼントレーターは思わず後ずさる。

「私には、あんたたちなんか必要ない」ミーアは言う。「消えて」

「そんなの、モーリッツは望まなかったはず！」想像上の恋人が叫ぶ。

ミーアはふと我に返って、あたりを見回す。

「本当に？」と訊く。「本当にそう思う？」

想像上の恋人が黙り込むと、ミーアはシャンパンがなみなみと注がれたグラスを手に取って、中身をローゼントレーターの胸元にぶちまける。

「勝利の酒臭い息で、街を走ってきなさいよ」ミーアは言う。「ほら、走ってきなさいよ。第一ヴァイオリンにここで鉢合わせしたくなければ」

ローゼントレーターはじっと立ち尽くしている。シャンパンの滴がスーツからぽたぽたと垂れる。やがて、まるで寒さを感じるかのように上着の襟をかき合わせると、ローゼントレーターは数歩後ずさってから、ミーアに背中を向けて、玄関ドアまで行く。ミーアは片手を想像上の恋人の肩に載せて、その後ろ姿を見送る。

「真実はどうだか、知ってる?」想像上の恋人が訊く。「あんたは負ける。どっちにしろ負ける。あんた自身がそれ以外を望んでないんだもん」

「真実はね」ミーアは言う。「いつも目の端でしかとらえられない。顔をそっちに向けた瞬間に、嘘に変わっちゃうから」

それからミーアは電話機に歩み寄って、番号を押す。

「ハインリヒ・クラーマーをお願いします」

後者のカテゴリー

「実際のところ、どうなんですか?」

「なにがです?」

「人生」

ミーアはキッチンで、電気ケトルに水を入れるのに忙しい。それに、レモンを輪切りにして、カップをふたつ用意するのに。合間に、訪問者がまだそこにいるのを確認するかのように、ちらりと居間を覗き込む。

「ああ」クラーマーが言う。「非常にうまくいっていますよ。本当です」

クラーマーはカウチの上、想像上の恋人の隣に座っている。見た目はいつもと変わらない。頬は蒼白でもなければ、ことさら赤くもない。両手をズボンのポケットに突っ込んでさえいない。クラーマーはきっと、法廷で動揺を見せたことを一生涯恥じるに違いない。ミーアが見つめると、クラーマーは微笑みかけてくる。

「私には、長い褐色の髪を持つ大変美しい妻と、私が家に帰ると足もとにまとわりついて『パパ、パパ』と呼びかけてくるかわいらしい子供がふたりいます」

「なんだか素敵そうね」

「実際、素敵ですよ。何千年も続いてきたコンセプトです。個人的な幸福という点では、人間というのは驚くほど単純にプログラミングされているんです。愛、憎しみ、不安、満足、信頼……」

「復讐……」

「……そう、復讐。我々の人生は、わずかな材料でできている。特に幸福というのは単純なものです。ものごとには二種類ある。いいこと、つまり人の進歩に寄与するものごとと、悪いこと、つまり進歩を妨げるものごとです。結局のところすべては、前者ができる限り多く、後者ができる限り少ない人生を作るための努力なんですよ」

「本当らしく聞こえるわ」

「実際、本当なんです。それで、あなたのほうはどうです？　ご主人はどこに？　お子さんは？」

「質問をするのは私のほうです」ミーアはふたつのカップを持って居間に行き、訪問者を完璧な礼儀正しさでもてなそうと努める。「もしかして、矛先をこちらに向けようとしてるんなら、死んだ弟のことを持ち出しますからね。今日のあなたの良心は、尻尾を振って私の手を舐める子犬と同じはず」

「私には良心などありませんよ、ホルさん」

「でも、政治的になにが必要かを知る嗅覚はある。それは良心に非常に似たものよ」

「素晴らしい！」クラーマーが笑う。「あなたは自分の武器を使うことを学びつつある」

「そして、そちらはパンチの受け方を学びつつあるわけね。どんな気分？」

「ひどい気分ですね。後者のカテゴリーに属することがらです」クラーマーは慎重に白湯を一口飲む。「昨日の午後、あなたがまだ釈放を待っているあいだに、不満分子たちのグループが裁判所の前に集まったんですよ。それほど多くはありません。警備員が数えたところでは、百人ほどでした。ですが〈メトーデ〉にとっては好ましくない光景です」

「なのに、あなたの同業者たちは私のことを記事にしたくてよだれを垂らしてますけど」

「大部分の同業者はそうですね、確かに。私と交友関係のある記者たちでさえ……たとえば、あの〈みんなの考え〉という番組を持っている若きヴュルマー氏。お聞きになりましたか？」

「いいえ」

「私は彼をよく知っています。彼は言ってみれば私の生徒のようなものでね。ところがその彼が、番組でなんと言ったと思います？　ひとつの政治体制の強みは、身体に合うコートのように、情勢の新たな変化に適応することにこそあるのではないか。なんといっても、正当な国家とは、足を締め付けない限り履いているのを忘れる靴のようなものだ、などと言うんですよ。ヴュルマーは衣料業界で働き出しでもしたんでしょうかね。有象無象が隠れていた穴からいきなり顔を出すさまには、驚くばかりです」

「で、あなたは？　宗旨替えする気はないの？」

「今度は侮辱するんですか。私のことを悪く思うのは構いません。でも日和見主義者だとは思わないでください」

「狂信者はそう言われると傷つくわけね」

「名誉を尊ぶ人間は傷つきます。私にとって重要なのは、適応などではありません。靴だろうがコートだろうが。いま現在、情勢は不利です。闘わなくては。古き良き時代の言葉を借りれば、最後の血の一滴まで」

「ひとつだけ、わからないことがあるの」ミーアは言う。「私の記憶では、あなたは確か、人間的なものというのは真っ暗な部屋のようなもので、私たちはそこを目の見えない赤ん坊のように這いずりまわっているだけだと言っていたじゃない。どうしてそんなもののために血を流すことをよしとできるの？　それも最後の一滴まで」

「私は確信犯なんです。そのことは知っておいてください。私は、人間にとって自然な生への意志から、政治的な意味での健康への権利が生まれると確信しています。体制というものは、それが身体と結び付けられて初めて正当性を獲得するのだと、確信しています。なぜなら、我々は精神ではなく身体を通じてこそ平等な存在となるからです。それに私は、〈メトーデ〉が描く人間像が歴史上のあらゆる人間像を凌駕《りょうが》しているとも確信しています」

話しながらクラーマーが演説者のような身振りを始めるのを、ミーアは注意深く見つめる。クラーマーは顎を胸に引き寄せ、眉を上げたり下げたりし、右腕を自由に振り回せるように、身体の重心をずらす。

「歴史書を見てごらんなさい」クラーマーは続ける。「人間が病気に惚れ込むというのがどんなものか、よくわかりますよ。まだほんの五十年前、子供たちはすりむいた膝を自慢げに見せびらかしていたんです。大人たちは足に付けたギプスに互いにハートを描き合っていました。誰もが花粉症だとか腰痛だとか胃腸の問題だとかを嘆くものの、その目的はただひとつ、皆の注目を浴びたかっただけです。注目に値することなど、ありはしないのに。ありとあらゆる文句や嘆きが、真剣に受け止めるべき話題だと見なされていました。医者通いは国技の域に達していた。病気は人間の存在証明だったんです。まるで、痛みがない限り自分自身の身体を感じる能力さえないかのようだった！　何百年ものあいだ、人は自身の弱点を崇め奉り、なんとそれを世界的な宗教の核にまで高めてしまった。茨の輪っかを頭に載せて、血まみれの顔をした、拒食症で髭面のマゾヒストの像の前に跪《ひざまず》いていたんですよ。病人の誇り、病人の神聖さ、病人の自己愛――そういった害悪が人間を内側から蝕んでいたんです」

「でも、なんだかんだ言っても」ミーアはことなげに言う。「人生っていうのは始まったときが絶頂で、そこからはどんどん弱りながら、終わりに近づいていくものでしょう。ドラマとしては大きな欠陥ね」

「同意します。けれど、その欠陥は崇めるものではなく、乗り越えるべきものだという認識を一度得たからには、もう後戻りはできません。健康な状態を標準だと見なすことに反対する理性的な理由がどこにあります？　障害もなく、欠陥もなく、十全に機能する身体——これほど〈理想〉と呼ぶにふさわしいものはない」

「素晴らしい、クラーマー」ミーアは猫のように笑うと、熱い白湯を舐める。「両手が空いていれば、拍手するところなんだけど。クラーマー一号は才能あふれるデマゴーグ。でもクラーマー二号は実のところ、体制なんてどれもこれも似たり寄ったりだと思っているわけね。私たちは、自分たちの社会システムをまずはキリスト教と、それから民主主義と呼んだ。そして今日では〈メトーデ〉と呼ぶ。どの体制も、常に絶対的な真理だったし、常に純粋なる善だったし、常に世界中にその恩恵を広めなければっていう強迫観念じみた欲求を伴っていた。どれもこれも宗教よ。信仰を持たないあなたみたいな人が、どうして常に同じ間違いを犯すゲームを推し続けるの？」

「私のことを見透かそうとするあまり、エスカレートしすぎですよ。窓から大きく身を乗り出しすぎです。落ちないように気を付けてください。まあ、今日の私は穏やかな気分なので、正直に答えましょう」

クラーマーは演説者のポーズをやめて、膝に肘を載せ、手のひらを上に向ける。そうすると、なんだか個人的な信仰告白をしようとする人に見える。

「私は、自由精神だとかいう時代遅れの概念にうんざりしているんですよ。市民的啓蒙なんていうものの古臭い残りかすを忌み嫌っているんです。常に支配や権威に抵抗する英雄であるべしという子供じみたパルチザン風の誇りには吐き気がします。抵抗者なんていうのは、怠け者か愚か者か単なる気取り屋で、自分たちが活躍するために必要な権力を握ることなど、決してできない。だからこそ、世界全体を酸っぱいブドウだと見なして、座り込んで抵抗の叫びをあげ始めるんです。例なら無数に挙げられますよ。自由の戦士に、彼らが憎む体制の枠内で権力と名誉とを与えてごらんなさい。すぐにおとなしくなって、体制に忠実そのものの働きを見せ始めますよ。そんな光景から、人間について我々はなにを学べるでしょう、ホルさん？　人がなにかと別のなにかを交換したがるのは、それで自己愛を満足させられる場合に限るということです」

「ほら見て」ミーアの微笑みが大きくなる。「なにかを一般化しているつもりで、話す人間の個人的見方に染め上げちゃうことがあるのね」

「進歩への衝動は」ミーアのコメントは聞こえないふりをすることに決めたらしいクラーマーが言う。「社会が自己を過大評価することと、個人が自己の正当性を主張することとの混合物です。いまあるもので満足する能力が欠如しているせいで、一時代あたり少なくとも数十万人、おそらくは数百万人の死者が出る。〈メトーデ〉はうまく機能しているじゃないですか。なにか別のものに取り替える理由など、どこにもない」

「いまだにそんなことを言うんですか？　あんなことがあったあとで？」

「そんなに心の狭いことを言わないでください！　まさか、あなたの個人的な不幸を政治的問題だと勘違いしているわけではありませんよね？　無実の人間をひとりも巻き添えにしなかった事件を、ひとつでも挙げられますか？　弟さんの件があっても、〈メトーデ〉ほど間違う確率の低いシステムはほかにないという点には、変わりがありません。ミーア・ホル、そんな好戦的な目で私を見て、いったいなんのために闘おうというんですか？　この地上に政治的楽園を築くため？」

「好戦的な目でなんて見ていません」ミーアは言う。「興味深く拝見してるんです。ちなみに私、あなたと違って、合理的であることを放棄して快適な心境なんです。心で考えられるようになりました」

「なんとかわいらしい。情感豊かな女性になったということですね。あなたは変わった、ホルさん。それを喜ぶべきなのか、残念に思うべきなのか、よくわかりませんがね。ほんの数日前にはまだ、あなたと私とは血がつながっているんじゃないかと思うほどだったのに」

「あなたとの血のつながりは、薄ければ薄いほど名誉なことだわ」

「どうぞお好きに。それで、新たに目覚めたその心とやらは、いまなにを考えているんですか？」

「自由のことを」

クラーマーはうめき声をあげると、人差し指でこめかみを押さえる。

「頭痛が」

「頭痛を引き起こしちゃってごめんなさい」ミーアは言う。「でも心配しないで。あなたは思想テストに合格しましたから」

「なにテストですって？」

「思想テスト」ミーアは両腕を高く上げて、気持ちよく背筋を伸ばす。「結果を聞きたいですか？あなたは、最終的な判断を下すには自分が賢すぎることを認識している。でも、判断を下さない人間は支配することもできない。だからあなたは、自分の誇りと自己愛のすべてを〈メトーデ〉の存続に結び付けた。ねえクラーマーさん、あなたもパルチザンなんですよ。現状維持のために闘うパルチザン。そういうわけで、あなたは私にとって絶対的に信頼の置ける敵なんです」

「今後のあなたが敵に不足することがあるとは思えませんがね」

「それなら、いまここにいるのがあなたであって、ほかの誰でもないことを喜ぶべきね。あなたは間違いなく、この状況を自分の偉大さを証明するためのプランに組み入れることができるはず。逆に私は、あなたを拡声器として必要としているだけ。紙とペンを用意してください。名誉を尊ぶ男として、私の言うことを一言一句違《たが》わずに伝えてくれると信じていますからね」

クラーマーは笑い声をあげるが、直後にまた黙り込む。そして、なにか言おうと口を開く——が、なにも言わない。ほんの数秒のあいだ、クラーマーはまるで自制心を取り払ってしまいたいかに見える。ミーアに向ける視線には、肉体的暴力も辞さない凶暴さがある。ところが、静かな脅迫の表情は、やがて嘲るような大きな笑みに変わり、クラーマーは頭を垂れる。

「後者のカテゴリーかしら?」ミーアは同情を込めた声で訊く。

「後者のカテゴリーです」クラーマーはそう言って、紙とペンを探す。

「びっくりね」想像上の恋人が言う。「さっき言ったこと、訂正するわ。いまのこの場面を見たら、モーリッツは絶対に大喜びしたはず」

なにが問われているのか

私は、人間によって成り立っていながら人間的なものへの恐怖を基盤にする社会を信頼しません。身体を重視するあまり、精神を裏切った文明を信頼しません。私自身の血と肉ではなく、「標準的な身体」という集団的ヴィジョンであるべきとされる「身体」を信頼しません。己自身を「健康な状態」だと定義する「標準」を信頼しません。己自身を「標準」だと定義する「健康」を信頼しません。このような循環論法に依拠する支配体制を信頼しません。なにが問われているのかを明らかにしないまま、我こそ唯一絶対の答えだと主張する「安全」を信頼しません。人間の実存的な問題への取り組みはすでに終わったとうそぶく哲学を信頼しません。善と悪のパラドックスを直視せず、代わりに「機能する」か「機能しない」かの二元論に依拠する道徳を信頼しません。市民を隅から隅まで監視することによって成り立つ「人権」を信頼しません。すべてを管理、監視されることで被害を受けるのは隠したいことがある者だけだなどと信じる市民を信頼しません。人間の言葉よりもそのDNAを信じる〈メトーデ〉を信頼しません。私は「公共の利益」を信頼しません。なぜならそれは、自己決定権を費用対効果の観点から非効率的だと見なすからです。私は「個人の利益」も信頼しません。それが最小公倍数の単なる一ヴァリエーションに過ぎない限りは。危険の一切ない生活を約束することでのみ人気を得る政治を信頼しません。自由意思などないと主張する科学を信頼しません。自身を免疫学上の最適化プロセスの産物だととらえる「愛」を信頼しません。ツリーハウスを「怪我の危険」、ペットを「感染の危険」と呼ぶ親を信頼しません。私にとってなにが最善かを私自身よりよく知っていると主張する国家を信頼しません。私たちの世界の入口に「注意！　生は死につながる可能性があります」と書かれた看板を掲げた愚か者どもを信頼しません。

私は私を信頼しません。なぜなら弟は、生きるとはなにかを私が理解するより前に、死なねばならなかったからです。

紙とペンをしまったクラーマーはすっかり有頂天で、ミーアに向かって、共通の目標に向かう同志として協力に感謝する、と述べる。大量破壊兵器にも相当する言葉を与えてくれた、自分はこれをうまく利用する術《すべ》を知っている、と。ミーアが、共通の目標とはなんのことかと訊くと、クラーマーは戸惑いの表情を見せる。そして、運命が私とあなたを共通の使命で結び付けたことがわからないのか、と問い返す。その使命がどんな形を取ることになるか、まだはっきりとしたことは言えないながら、それがふたり共通の使命であることには疑いの余地がない、とクラーマーは言う。歴史の授業で「信任投票」とはなにか、習いませんでしたか？　昔、政権はその権力が揺らぎ始めると、国会に対して、政府を退陣させるか、さもなければ全会一致で政府を承認しろと迫ることができたんです。人は権力を維持したいのなら、ときどきその権力の基盤についてよく考える必要があります、とクラーマーは言う。そろそろ〈メトーデ〉も一種の信任投票にかける時期が来たのかもしれません。あなたと、あなたの言葉を記したパンフレットとが、その役に立つかもしれません、適切な出口を見つける一助になるのでは。ちなみに、あなたのお宅、とても気に入りましたよ、とクラーマーは言う。あなたにとっても居心地のいい家だったのならいいのですが、と。

　クラーマーを玄関まで送る途中、ミーアは、この男はどうしてこの家のことを過去形で語るのだろうと考える。それに、自分はクラーマーの前者と後者どちらのカテゴリーに寄与したのだろう、と。そもそもそれは誰の視点で決められるのだろう。だがクラーマーが出ていき、ドアが閉まると、突然すべてがどうでもよくなる。

いまミーアは想像上の恋人の腕に抱かれて寝そべり、ローゼントレーターが忘れていったシャンパンをボトルから飲んでいる。想像上の恋人までもが、急に過去形で話し始める。

「私、しばらくのあいだ、あんたっていう港に停泊してたわけだけど」と、想像上の恋人は言う。

「あんたはそれを喜ぶべきよ」

「私はあんた自身とじゃなくて、あんたの見せかけと友達だったの」ミーアは言う。

「それはシニシズムよ」

「ううん、言葉を正確に使ってるだけ。私があんたのことを、モーリッツを愛したようには愛せなかったこと、許してね。ずっとあんたの存在を信じるのが難しかった」

「もう私のこと、信じなくてもいいのよ」

「どうして出ていっちゃうの？」

ミーアはボトルを想像上の恋人に手渡すと、彼女の額に触れる。想像上の恋人は黙っている。自分にしか聞こえない音楽に合わせるかのように、足を絶え間なく揺らしながら。

「私はもう使命を果たしたから」やがて、想像上の恋人は言う。「モーリッツの最後の望みは、あんたに信じてもらうことだった。なにが起きたのか、あんたに理解してもらいたがってた。それに、この先ずっと彼のことを正しく思い出してもらいたがってた」

「ずっと前に、モーリッツにこう言ったことがあるの。『神様の復讐があなたに下されるとき、私はあなたの足の下で震える大地でありたい』って。どうやら運命は、私たちが約束どおりになることを望んでるみたいね」

「でもね、あんたのもとを去るのはやっぱり辛いのよ」想像上の恋人は、ミーアの頭をなで始める。

「急にあんたのことが心配になってきちゃった」

「私は大丈夫。実際的な意味では、私はいま聖人と同じだもん」

「人は聖人になる前に、まず殉教者になるものでしょ」

「どっちにしても、長生きなんてしたくなかったし。歳を取ると、食事を待つだけの生活になるから——もう、ちょっと！」ミーアは叫ぶ。想像上の恋人がミーアに取られた手を引っ込めたからだ。

「ただの冗談だってば！」

「私にはユーモアなんてないの。真面目に表明できないほど愚かな言葉なんて、この世にはないんだから」

ミーアは想像上の恋人を引き寄せて、彼女の口にキスをする。「この世界が一日に何度、決定的な破滅を免れているのか、私たちは知らない。モーリッツに会ったら、私から愛してるって伝えてね。あ、ううん、やっぱりこう伝えて。ツリーハウスっていうのは、梯子を引き上げちゃって、サクランボを食べ過ぎてお腹が痛くなって、髪に鳥の糞がくっついて、それでももう二度と降りていきたくない、そういうものよって。そう伝えてくれる？」

「約束する」

ミーアは深く息を吸い込む。なにか言おうとするかのように。すべてを説明する長い文章を、いまにも口にしそうに見える。けれど実は、ミーアが口を開けたのは、単にあくびのためだ。それからすぐ、ミーアは眠りに落ちる。

カウチのクッション

ミーアが目覚めたのは、けたたましい音がしたからだ。メトーデ保安警官が住居のドアを蹴破る音。メトーデ保安局は高度な訓練と教育を受けた専門家集団を擁している。彼らはどんな鍵のかかったドアも数秒とかからず、まったく音を立てずに開けることができる。そんな彼らがわざわざドアを蹴破るとしたら、そうしたいからにほかならない。三人の男が部屋になだれこんでくる。自らの攻撃の勢いに背中を押された小さな軍隊。カウチに寝そべったミーアはちょうど目を開けたところで、わけもわからず闖入者《ちんにゅう》たちを見つめる。腕には想像上の恋人の代わりに、カウチのクッションを抱いている。

ひとり目の男の胃に蹴りを入れる。二人目の男には両手を振りかざして襲いかかり、顔に爪を立てる。人差し指の爪が、男の右まぶたの端に深く食い込む。男たちのひとりとして理解していないのは、ミーアが自分ではなく、クッションを守ろうとしていることだ。それも、生まれたばかりの赤ん坊を守って闘う母獅子のごとく獰猛《どうもう》に。三人目の男が、ミーアの両足をつかむことに成功する。ミーアは飛び上がり、男の首筋にかみつく。口のなかに血の味が広がるまで。男は悲鳴をあげて、ミーアの額を殴りつける。ミーアはあおむけに倒れる。朦朧《もうろう》としてはいるが、まだ戦闘能力はある。

誰ひとり言葉を発しない。「お邪魔してすみません」とも「ご不快な思いをさせてしまって申し訳ありません」とも言わない。ここで繰り広げられているのは逮捕劇ではなく、戦争だ。目的はただひとつ、攻撃者が獲物を手に入れる前に、できる限り大きな痛手を負わせること。

「強盗よ！　レイプ犯！」

「あんな汚いブーツで部屋に上がりこむなんて！」

「馬鹿なこと言わないで、あんたたち、よく見てみなさいよ、制服でしょ！　警察の人よ」

騒ぎはマンションじゅうに聞こえている。隣人たちがバスローブ姿で階段を上がり、ミーアの住居の開けっ放しのドアの前に集まってくるほどの大音量だ。部屋のなかでは、メトーデ保安警官のひとりが鼻から血を流しながら、よろめく足でなんとか立っている。すでに注射器を取り出し、暴れるミーアを同僚たちが取り押さえるのを待っている。

「あいつら、ミーアを連れていくつもりよ！」

「きっとなにかの間違いよ」

「ミーアは英雄なんだから！　どの新聞にも載ってるじゃない！」

「ホルさんはこのマンションの誇りなんだから」

メトーデ保安警官は、腫れあがった目のせいで視界がきかないにもかかわらず、適切な瞬間を見計らう。注射器が振り下ろされ、ミーアの上腕に突き刺さる。

「やめて！」

「でも警察なんだってば、ドリス」

「そうよ、だから口を挟んじゃだめよ、ドリス」

「行かないで、ドリス！」

ミーアの身体がぐったりしてようやく、警官たちはカウチのクッションを彼女の腕から取り上げることに成功する。鼻から血を流す警官は注射器を放り投げて、クッションに蹴りを入れる。やせっぽちのドリスが警官に飛びかかるが、片手でいとも簡単にはねのけられる。ドリスはドア枠に叩きつけられ、戸口に倒れる。警官たちはドリスの身体をまたいで、ミーアを運び出す。

自由の女神像

「大爆発だよ！」ローゼントレーターが言う。

「鏡ある？」

ローゼントレーターはアタッシェケースをかきまわして、小さなハンドミラーを引っ張り出す。ミーアはプレキシガラスにうんと近づいて、己の姿を眺める。再び白い紙の上下を着せられている。額には大きな内出血の痕。下唇は腫れ上がり、片目は赤く充血している。鏡に映っているのは、ミーアがよく知る人の視線だ。ミーア自身の視線ではない。それならきっとモーリッツの視線なのだろう。

「素敵」ミーアは言う。「紙のスーツ、独房監禁、ぐちゃぐちゃの顔。これ以上弟に近づこうったって無理ね」

ローゼントレーターは素早く鏡をしまいこむ。

「君の声明は爆弾なみの威力だったんだ。だから奴らは君を拘束した。弱さの兆候だよ。奴らは不安なんだ」

「罪状はなんなの？」

「罪状なんてないよ、ミーア。逮捕令状には自殺の危険とある」

「ユーモアのセンスがあるのね」ミーアは言う。「人生を見切った人間ほど保安機関が恐れるものはない。だってそういう人間は、コントロール不可能だから。自殺テロリストってわけね」

ローゼントレーターが咳ばらいをする。見るからに居心地が悪そうだ。

「メトーデ最高裁に訴状を提出したよ」そう言って、髪を引っ張る。「君のあの声明は、〈メトーデ〉の図星を指した。でもここからは本当に慎重にやらないと」

「私がどれだけの成果を収めたのか、話して」

ローゼントレーターは元気を取り戻し、アタッシェケースから新聞の束を取り出す。そして最初の一紙の見出しページをプレキシガラス越しに掲げてみせる。

「ほら。ミーア・ホルの釈放を求めるデモに一万人集結」それから新聞をもとに戻して、ローゼントレーターは続ける。「いま、それだけの人が外に集まって、シュプレヒコールをあげて、プラカードを掲げてるんだ。こんな光景、この国ではもう何十年も見られなかった。君に彼らの声が聞こえたらいいのにと思うよ、本当に」

「聞こえてる」ミーアは言う。

「それからこれ。ホルおばさんが降らせるコールタールの雨〔グリム童話で、ホレおばさんが働き者の娘に金の雨を、怠け者の娘にコールタールの雨を降らせる〕。マスコミの連中も、あんまり気が利いてないな。こんなのもある。〈メトーデ〉、自己弁護を強いられる。ヴュルマーとかいう男の記事だ。メトーデ評議会における根本的な議論を要求している。それから、〈病む権利〉っていう署名が入った声明がある。連帯を表明していて、もし〈メトーデ〉がモーリッツ・ホルの死の責任を公式に認めないならば実力行使に出ると脅している」

「ＲＡＫが？　私のことはほっといてって言っといて。罪もない人たちに対するテロ攻撃に関わるつもりはない」

「残念ながら、それはもう君が決められることじゃないと思うよ。いま、君はふたりいるんだ。片方のミーアはここに拘束されていて、えっと……唇から血を流している」ローゼントレーターは恐々と指でミーアの唇を指し、ミーアは口を拭う。「もうひとりのミーアのことは、そうしたいと望む者なら誰でも、自分の旗印にできる」

「クラーマーはなんて言ってるの？」

「いまのところ、ほとんどなにも。今夜テレビに出るって予告があった。手ひどい打撃を受けてるよ」

「それは嬉しいわ。あの男、目論見が外れたわけね」

「だからこそ、ますます危険な存在になるよ」

「逆よ。弱くなっていく」

「頼むよ、ミーア、あいつと話すのは絶対にやめてくれ」

「でもほかに面会に来てくれる人、あまりいないし」

「君は最初から人の指図を受け付けなかったな」ローゼントレーターは新聞各紙をしまいこみ、そのままアタッシェケースを膝の上に載せておく。まるでしがみつくなにかを欲しているかのように。

「君という人を見誤ってたよ」

「どうして？　あなたは闘いに送り込むことのできる操り人形を探してた。あなたが糸を引いて、最後には法的な面で心配して、どうしようと大騒ぎできる相手を。だから、望んでたとおりのものを手に入れたわけでしょ」

「僕の性格に難があることは間違いない」ローゼントレーターは懸命にミーアの視線を受け止めようとする。「でも、それとは別に、事態はちょっと……勝手に転がり始めたというか。次になにが起こるのか、僕にはもう予測できない」

「それなら私が教えてあげる。こういうのを、連帯のシンボルの誕生っていうのよ。体制を疑う人間や不満を持つ人間、異端児――つまり、これまでの人生ずっと、疑念を持っているのは自分ひとりだと思っていた人間たちが、急にみんなと繋がっているんだっていう幸福感を味わうわけ。私はその幸福感を投影するスクリーンなの。白い壁に映し出される像なの。裸の全身像。正面と背後からの。血と骨から成る自由の女神像なのよ」

ミーアは立ち上がり、見えない松明《たいまつ》を掲げるが、隅にいた看守が脅すように顎を突き出したので、再び腰を下ろす。

「孤独な魂が人との繋がりっていう餌をかぎつけたら、とんでもない力が生まれる」

「君をここから出してあげるよ」ローゼントレーターはまばたきする。ここ最近、目が乾きやすいのだ。「そんなに長くはかからない」

「私は怖くない」ミーアは言う。「あなたがだめでも、きっとほかの誰かが出してくれる」

「ハインリヒ・クラーマーは、十代のころから人々の福祉のことを考えてきました」

画面外から聞こえてくる声は、ヴュルマー司会者のものではない。番組名は〈みんなの考え〉だというのに。トークショーのスタジオに置かれたソファに座っているのはただひとりで、微動だにせずカメラを見据えている。グレーのスーツ姿のその人物は、落ち着き払っているように見える。これほど完璧な外見を保った人間が汗腺や粘膜や消化器官など持ち合わせているものだろうかと、思わず疑問を感じるほどだ。

「最近の政治的な混乱に際し、今晩、この方に緊急ゲストとして、健康的人間理性について、おそらくこれまでで最も深く突っ込んだ説明をしていただきます。ハインリヒ・クラーマー氏です」

スタジオのクラーマーは、本題に入る前の修辞は述べない。代わりに数秒のあいだ沈黙を続ける。視線が、カメラの背後のどこかにいるであろう対話相手を探しているように見える。紙を手に持っているのは、単に審美的な理由からでしかない。今晩ここで話すことは、頭のなかのモニターに映し出されるため、それを読み上げるだけでいいのだ。ハインリヒ・クラーマーはすべてを暗記している。一生のあいだ、彼がしてきたのは、同じ考えを何度も新しい言葉で語りなおすことにほかならない。だがそれはクラーマーの知性の乏しさのせいではなく、人間がこの地上で得ることのできる有意義な考えの乏しさゆえだ。正しいことを絶え間なく繰り返すことこそ、国に対して成し得る血を流さない奉仕のなかで最高のものだ。

クラーマーは二十分間話し、そのあいだずっと、ぴくりとも動かずカメラを見つめ続ける。その真剣な表情が、彼が今日この番組に出演することの意味を物語っている。いま誰かが思い切ってテレビの前から離れ、少し町を散歩しようと外に出たとしても、通りは空っぽだろう。半世紀前のサッカー世界選手権の決勝戦のときのように。だが、クラーマーの所信表明を聞き逃したいと思う人間などいないので、人気《ひとけ》のない街を目にする者もいない。国じゅうがクラーマーの口元を凝視し、彼が国家の基盤たる思想をさまざまなテーゼとしてまとめるのに耳を澄ます。だがそれらのテーゼはどれも、ひとつ前のテーゼの必然的帰結でしかない。視聴者は皆、すでに聞き慣れた話に苛立ちながらも耐える。善き人生とは衛生的で安全な人生のことにほかならない。不衛生とは個々人の汚染であり、安全性の欠如とは社会全体の汚染である。病は、信念の欠如、自己管理の欠如と見なされるべきである。

話は最後になってようやく面白くなる。クラーマーはウイルスのことを話す。ウイルスは衛生と安全性の欠如を抜け目なく利用して、個人と社会とに襲いかかるのだと。今日では、最も危険なのはもはや核酸から成るウイルスではなく、感染性の思想というウイルスなのです、とクラーマーは語る。そしてここで言葉を切り、長々と黙り込む。視聴者が冷や汗をかき始めるほど長い時間。

やがてクラーマーはようやく続きを話し始める。国の免疫システムたる〈メトーデ〉は、現在猛威を振るうウイルスをすでに特定しました。このウイルスは撲滅されることになります。頑健な身体が持つ自己治癒力からは誰ひとり逃れられません。サンテ、皆さん、よい晩を。

話が終わるやいなや、ソファはすでに空っぽになり、クラーマーは姿を消している。国じゅうがいまや知っている——クラーマーはいまの宣戦布告を即座に行動に移すべく出ていったのだと。クラーマーの言葉がなにを意味するかを、理解できなかった者などいない——それがミーア・ホル事件の終わりの始まりであることを。

無臭透明

ミーアの独房は狭い。家具がないせいで、四角い空間はまるで縮んでしまったかのようだ。存在しない机の前には、存在しない椅子。窓の下には存在しない寝床。見えない戸棚が見えない本棚の半分を覆い隠す。残りの空間はすべて病院並みの無菌状態に置かれている。

この独房で四日間過ごしただけで、ミーアはすでに訪問者なら誰でも受け入れる気分になっている。家具にさえ拒まれる場所に滞在するという試練に耐えるには、支えが必要だ。その支えとして、クラーマーは完璧な存在だ。なにしろ彼が足を踏み入れれば、部屋は空っぽでなくなる。クラーマーは設《しつら》えられた部屋のイメージを運んでくる。それとも、クラーマー自身が設えられた部屋なのだろうか。優雅だが機能的な部屋。クラーマーの訪問に対する喜びを隠すのに、ミーアは苦労する。

「あなたと、あなたのテーゼたち」挨拶代わりに、ミーアは言う。「どれも蒸留水みたいに無臭透明ね」

「テレビでの私の話がお気に召したようで、嬉しい限りです。ちなみに、あなたがあの番組を見る許可をもらったのは、私のお陰なんですよ」

「その恩着せがましい口調から察するに、あなたのあの声明は、私のほどには反響を呼ばなかったみたいね」

「だからここに来たんです。今日はふたりで、ものごとを正しい方向へと向ける作業をしましょう」

「ふたりで？」ミーアは思わず笑い出す。

「いけませんか？　あなたは私の訪問を受け入れたでしょう、ミーア・ホル。私と話すことを拒否していない。我々の声明が互いに対立しているこの状況には、ある種の偉大さがあると思いませんか？　銃を構え、バイザーを下ろしたふたりの戦士のような。理性対感情。私の精確な論理対あなたの混乱した感情。男性的原則対女性的原則とさえ言えるかもしれませんね」

「原始的な比喩ね。あなたの高い精神性への侮辱じゃないかしら。ちなみに、私はバイザーを下ろしたりしてない。逆に、上げたところなの。それに聞いたところでは、外にいる人たちはあなたじゃなくて私のために声を上げているらしいけど」

「それは間違いありません。声を上げているだけじゃない。暴力に訴えると予告さえしていますよ。RAKがミーア・ホルの件を支援するために、罪のない一般市民への暴力も辞さないと表明しているのを知っていましたか？」

「そんな話で私を味方につけようとしても無駄よ、ハインリヒ・クラーマー。ここの門の前でデモをしているのはテロリストじゃなくて、まさにその罪のない一般市民なんだから。それに、RAKと私はなんのつながりもない」

「もし彼らがテロ行為に及べば、あなたにもその結果に対する責任が生じるでしょうね」

ミーアは再び笑う。「道徳の矛先はそう簡単に逆さまになったりしない。先端はあなたに向いてるのよ。私を見て！」

「喜んで。腫れた唇がお似合いですよ」

壁にもたれたミーアは、腕を広げる。すると白一色の服のせいで、十字架にかけられた天使のように見える。

「そっちのスーツは高価な生地でできてる」ミーアは言う。「私のは紙製。私は裁判にかけられたかったわけじゃない。自分からすすんでこの独房に閉じ込められたわけじゃない。私はただ個人的な考えを述べただけ。それをあなたが活字にして公表した。あなたには官邸の最上階に友人がいる。ここにふらりとやってくることができる。私の弁護士は、私とガラス越しにしか話せないっていうのに。もし罪を分け合おうっていう話がしたいんなら、私としては、罪は蠅そのものよりも蠅叩きのほうにあるって言いたい」

「興味深いと思いませんか？　人間は常に、弱さを罪のなさと同一視する傾向にある。キリスト教的考え方の根強い痕跡ですね。ダヴィドがゴリアテに向かっていくとき、民衆はダヴィドを応援する。まるで、劣勢であることが道徳的長所であるかのように」

「もしゴリアテに礼節ってものがあれば、ここに椅子かソファか、なにか座るための家具と、飲み物とを用意させるでしょうね。文明的に対話ができるように。それと、私、お腹がすいてるんですけど。どうやらここの人たち、食事を与えないことで私の信念をくじこうと思ってるみたい」

「なんですって？」

クラーマーは苛立たしげに房内を見回す。いま初めて家具がひとつもないことに気づいたようだ。もたれていた壁から体を起こすと、ドアをくぐって姿を消す。ミーアは満ち足りた気持ちで目を閉じ、廊下から聞こえてくる声に耳を澄ます。そのうちのひとつは、くぐもってはいるものの、凶悪とさえ言える鋭い響きを帯びている。いくらもたたずにクラーマーは戻ってくる。二脚の折り畳み椅子を引きずって。

「ここの野蛮人どもに代わって謝罪します。ここが私の店だったなら、従業員の半数にとって今日が最後の出勤日になるところです」

「別にいいのよ。みんな自分の仕事をしてるだけ」

「皮肉は精神的に健康であることの証《あかし》です。こんな状況にもかかわらずあなたが健やかで、嬉しく思いますよ。さあ、お座りください」

クラーマーはミーアに優雅に椅子を勧め、自分もその向かいに適度な距離を置いて腰かける。ミーアは両脚を伸ばし、それからまた抱え込み、最終的に膝を組むと、両手を背もたれの後ろで組む。

「椅子に座る動作さえ、ここでは新しく学びなおさなきゃならない。朝、貸してもらった歯ブラシで歯を磨くと口のなかが変な感じだし、立ったままおしっこするのにも慣れないし、紙の服を着替えるのなんて、ほとんど科学よ。言葉さえ、滅多に使わないと、複雑な振り付けの踊りみたい」

「いいえ、素晴らしく踊っておられますよ」クラーマーは冷静に言う。「これからいくつか質問をしたいのですが」

「どうぞ」

「このあいだ、あなたの弁護士に向かって、これほど弟を近く感じたことはないと言いましたね」

「へえ」ミーアは戸惑って眉を上げる。「弁護士との会話が盗聴されてたってこと？」

「必要な保安措置です。反メトーデ主義者に対しては非常事態法が適用されますので」

「私は反メトーデ主義者としてじゃなくて、自殺の危険があるとかいう理由でここにいるんだけど」

「ほぼ同じことです」

「もちろん、そうね」ミーアはうなずく。

「弟さんは、あなたになにかを遺したと言っていいでしょうか？」

入口に看守が現れる。手に持った盆の上には、湯気の立つカップふたつと、何本かのチューブが載っている。クラーマーが立ち上がって入口に向かい、看守から盆を受け取る。自分でミーアに給仕するために。

「失礼します」できる限り丁重に、クラーマーはミーアの膝にチューブを置く。白湯のカップは床に置き、レモンを搾る。ミーアの習慣どおり、三滴。ミーアはクラーマーの動作のひとつひとつを食い入るように見つめる。まるでこの儀礼の光景が、肉体的空腹よりも辛い空虚を埋めてくれるかのように。

「モーリッツは物質的にはなにも遺さなかった。そういう意味の質問なら」やがてミーアは答える。

「でも精神的な意味では、もちろん、とてもたくさん」

「つまりあなたは、弟さんの遺志を継いでここにいるというわけですね？」

ミーアは白湯を試したあと、カップを置いて、一本目のチューブを開ける。

「弟は一生のあいだ、自分の考え方を私に納得させようと一所懸命だった」

「そしていま、ついに成功したというわけですか」

「ある意味そうかもしれない。ただ、遅きに失したと言わざるを得ないけれど」チューブの蓋をひねって開けたとたん、ミーアの自制心は吹き飛ぶ。チューブの中身を一気に口に押し込むミーアを、クラーマーは同情のまなざしで見つめる。

「だから、弟さんが亡くなったあと、何度も川へ行ったんですね。彼の近くにいようと」

「あそこは、子供のころから私たちの待ち合わせ場所だったの」ミーアは口に食べ物を詰め込んだまま言う。「弟はいつも、僕たちの大聖堂だって言ってた」

「感動的ですね」ミーアが二本目のチューブを差し出すと、クラーマーは手を振って断る。「そこで誰か別の人間とも会ったことがあるんですか？」

「誰とも」

「よろしい。そうだと思っていました。最後の質問です。現在の状況から考えると、モーリッツ・ホルは一種の殉教者といえる。そう思いませんか？」

「どうかしら」ミーアは言う。「それは見方によるんじゃないかしら」

「え？」クラーマーが身を乗り出す。「よく聞こえませんでした。もう少し大きな声で話してもらえませんか？」

「ほんとうに体制が崩壊するようなことがあれば」ミーアは大声で言う。「モーリッツはいつの日か、殉教者として歴史書に登場することになるでしょうね。まあ、そう想像すると、なんだか変な気がするけれど」

「素晴らしい」クラーマーは内ポケットから録音機を取り出し、スイッチを切る。それから椅子に深くかけなおし、背もたれにもたれて両腕を伸ばすと、袖口を整える。「これで必要なものはほとんど揃いました。あとは署名をしてもらえれば、大変助かるんですが」

「なにに？」ミーアはそう訊いて、咀嚼《そしゃく》をやめる。

「あなたの自白に、です。ご存じのとおり、〈メトーデ〉はつい最近、自白がないばかりに苦い経験をした」

「なんの話をしてるの？」

「言ったじゃないですか、共同作業をしましょうと。ちなみに、あなたのいまの状況を考えれば、これが群を抜いて最良の帰結なんですよ」

「そうはさせない、クラーマー！　主導権はいまでも私のほうにあるんだから！」

「そう興奮しないで。起こったことをもういちど要約してみます。そうすれば、おのずと理解できるはずだ」クラーマーはゆったりと時間をかけて白湯をひと口飲み、考え込むような視線をカップのなかに注ぐ。そして、ラジオのルポルタージュのような口調で話し始める。「〈メトーデ〉保安警察は、モーリッツ・ホルが〈カタツムリ〉の名で活動する抵抗組織の指導者であることを突き止めました。組織の構成員は、定期的に町の南東部の川岸で会合をしていました。グループの秘密コードで〈大聖堂〉と呼ばれる場所で。〈カタツムリ〉には、ヴァルター・ハンネマンという男も所属していました。モーリッツ・ホルはハンネマンが自分に骨髄を提供した人物であること、つまり自分の命の恩人であることを知っていました」

ミーアは顔を歪める。いまにもけたたましく笑い出しそうだ。「ついに本当に気が狂ったのね！」

「ご存じですか」クラーマーが問いかける。「悲しいことに、ハンネマンは自殺しました」

「なんですって？　あなた、ハンネマンまで殺したの？」

「私ではない。あなたです」

クラーマーは一枚の紙を取り出し、見ているほうが息苦しくなるほどゆっくりと広げる。そして、焦点を合わせるために、じっくりと紙を目に近づけたり離したりする。

「よく聞いてください、読み上げますから。私、ミーア・ホルは、この計画を弟とともに練りました。単純ではあるものの、天才的な計画でした。ハンネマンがジビレを殺害しました。我々が予想したとおり、これはＤＮＡ検査の結果をもとに、弟の犯行だとされました。弟モーリッツは、〈メトーデ〉に対する闘いにおいて殉教者として死ぬという考えにとりつかれていました。そもそも自死を個人の自由の保証だとする考え方は、〈カタツムリ〉のイデオロギーの一部です。有罪判決を受けたあと、モーリッツは刑務所で自殺しました。協力したのはこの私です」ここでクラーマーは目を上げて、ミーアに微笑みかける。「映像が残っているんですよ。おわかりでしょうが、釣り糸のことです」

　クラーマーは手で、なにか長くて細いものを小さな穴に通す仕草をする。ミーアは椅子から飛び上がりかけるが、クラーマーは司祭のように手をあげて、ミーアをその場に釘付けにする。

「少し待ってください。すぐに終わります。こうして我々は、〈メトーデ〉の根幹を揺さぶることになる司法スキャンダルを作り出したのです。モーリッツの死後、私が〈カタツムリ〉の指揮を受け継ぎました。これはモーリッツの遺志です。その後も互いの身の安全のため、グループの構成員のほとんどは私に知らされないままでした。〈大聖堂〉では、グループの中心人物と定期的に会っています。この人物のコードネームは〈ダレトモ〉です」ここでクラーマーは再び朗読を中断する。

「憶えているでしょう、ついさっきご自分で話してくれたんです。ちなみに〈ダレトモ〉の正体は、私と同業の若い男です。〈みんなの考え〉の司会者だったヴュルマー氏ですよ。残念なことだ。本当に残念です」

ミーアは立ち上がる。クラーマーに飛びかかろうとするが、クラーマーもまた飛び上がり、ミーアが振り上げたこぶしをつかむ。数秒のあいだ、ふたりは黙ったままもみ合う。やがてミーアは諦め、クラーマーの胸に沈み込む。まるで愛し合うふたりが抱き合っているかのような光景。

「ときどき実感するわ」ミーアは小声で言う。「他人の香りって、とても素敵だって」

「いい子だ」クラーマーはミーアの頭をやさしくなでる。「勇敢な子だ。孤独な子だ」

だがミーアはすぐに両手でクラーマーを突き飛ばし、怒りに任せて紙製の服を整え、髪をなでつける。「そんな策略、うまくいくはずがない！」

クラーマーは首をかしげ、ズボンのポケットから小さなビニール袋を取り出すと、右手にかぶせる。

「それはどうでしょう」クラーマーは言う。「一度も疑問に思ったことはないんですか。なぜモーリッツが、よりによって自分に骨髄を提供した男に殺されることになる相手とブラインド・デートの約束をしたのか」

「世の中には怖ろしい偶然ってものがある」

「科学者のあなたでも、そんなことを言うんですか？」

「あの事件の背後に計画なんてなかったことは、あなた自身よくわかってるくせに！」

「どうして？　天才的な計画だ、そう思いませんか？　非常に説得力がある」クラーマーは微笑みながら、空になった食料チューブをビニール袋に入れ始める。チューブに直接触れることを神経質に避けながら。「疑念という毒をじっくりその身に作用させてみることです、ミーア。そうすれば、自由時間に考えるテーマができる」

「獣！　冷酷な殺人鬼！　外にいる人たちは、きっと真相を知ることになる！」ミーアは刑務所の正門があると想像する方向を指す。「そうしたらあの人たちが、あんたたちの目の前で、犯罪者の巣窟《そうくつ》を粉々にしてくれる！」

「外にいる人たちは」クラーマーはそう言って、礼儀正しく逆方向を指す。「いつも、そのときに信じたいと思う人間を信じるんですよ。では、署名はしてもらえないんですね、ホルさん？」

「見損なったわ、クラーマー。もっと洗練された人だと思ってた。陳腐な嘘はつかない人だと。そんな雑な作り話に私を利用しようなんて、侮辱よ。良心ってものを本当にかけらも持ち合わせてないの？」

クラーマーはすでにチューブを入れたビニール袋を鞄にしまいこんでいる。ミーアのほうを振り返った顔は優しく、嘲笑も、勝ち誇った様子もみじんも見られない。

「良心ではなく、名誉意識と名付けるのはどうでしょう。つい最近、ご自身で言ったじゃないですか。私にとって根本的に政治体制などどれでも同じだと。仮にそれが事実だとしてみましょう。さらに、私たちはこの点で同じ意見だとも仮定してみましょう。世界中のどんな体制にも、不満を持った笑顔のない人間はいくらでもいます。ですが我が国においては、笑顔の人間が比較的多いんですよ。それでじゅうぶんじゃないですか、ミーア・ホル」

「その笑顔のために、モーリッツは死ななきゃならなかったっていうの？」ミーアは食いしばった歯のあいだから言葉を絞り出す。「それから、ハンネマンも？　それにこれから、また死ななきゃならない人が出るの？」

クラーマーはミーアの反論を無視する。「分析的思考に優れた人間は、空気のない空間で一生を送るか――さもなければ、決断するしかないんです。あなたはほんの数日前に、その一歩を踏み出したばかりだ。だから、決断というものが結果という点から見てなにを意味するかを、まだご存じない。結果はあなたをとらえ、二度と離してくれないんですよ、ミーア。だから日和見主義者に堕ちたくなければ、なにより必要なのは――名誉意識です。それが私を私の陣営に縛り付ける。そして、あなたをあなたの陣営に縛り付けることになる」

「それって、私があなたの嘘っぱちの作り話に署名するべきでない理由を説明してくれてるわけ？」

「そうかもしれませんね、愛しい人」クラーマーは繊細な笑顔で言う。「それでも、私はまた来ますよ。そしてあなたに署名をお願いします。サンテ」

ヴュルマー

フートシュナイダー判事は六十歳、髭を生やしており、すでに職業人生の終わりに差しかかっている。子供たちはそれぞれ四か国語を話し、息子はパリで、娘はニューヨークで暮らしている。判事は週末にはシティホッパーに乗り込んで、孫たちを訪ねていく。妻はロケットペンダントに孫たちの写真を入れて、胸にかけている。そのロケットペンダントの表側には、フートシュナイダー家の家紋が施されている。フートシュナイダー家の玄関の足ふきマットも同様だ。フートシュナイダー夫妻は、どんな訪問客も「フートシュナイダー家へようこそ」という言葉で迎える――たとえ訪ねてきたのが単なる暖房技術者であっても。フートシュナイダー判事は、自分がすべてを正しく行ってきたと自覚している。足ふきマット、ロケットペンダント、パリとニューヨークがその確たる証拠だ。判事の人生は静かで穏やかだ。そんな人生に不要なものがひとつあるとすれば、それはミーア・ホル事件だ。

ゾフィが先入観を持っているという理由で審理から外され、地方の裁判所に転属になった後、フートシュナイダーは高齢にもかかわらず、陪審裁判所の裁判長に任命された。昇進に伴い年金支給額も増えることになったが、フートシュナイダーとしてはそんなものは求めていなかった。ミーア・ホルは単なる被告ではない。時限爆弾だ。毎日のように、判事は記者たちの大群を玄関先の足ふきマットから追い払わねばならない。フートシュナイダー家へようこそ、と挨拶することもなしに。職場である裁判所には裏口から入る。正面玄関前に集まる人の数はいまではずっと少なくなったとはいえ。職場の自室には、メトーデ保安局の職員たちが出たり入ったりしている。

子供たちがうんと離れたところに住んでいることを、これほど幸いに思ったことはなかった。人間というのは傷つきやすいものだ。たとえイヤフォンを装着したふたりの無口なボディガードがどこへ行くにもついてくるとはいえ。人間は水を飲み、呼吸をし、物に触り、栄養素を口へと運ぶ。ここ数日、〈カタツムリ〉がミーア・ホルの指揮のもとで大規模な毒物攻撃を計画していたという噂が飛び交っている。このような状況下で英雄を演じる気など、フートシュナイダーにはみじんもない。間違った動きをして、家族や自身の平穏な晩年を危険にさらすつもりはない。もし誰かに尋ねられれば、自分にはミーア・ホルのようなテロリストは荷が重すぎると、即座に認めたことだろう。これほど微妙な扱いを要する危険な件を担当するにあたっては、その筋の専門教育を受けた人々の助言を信頼しようと、フートシュナイダーは決めていた。

ところが、その専門家たちに、どんな状況下でも決して感情的に事件に深入りしてはならないと何度も忠告を受けていたにもかかわらず、フートシュナイダーは、ミーア・ホルが安全措置としてプレキシガラス越しに目の前に座るのを見て、衝撃を受ける。華奢な体格と、やせこけた頰のせいで不自然に大きく見える薄い色の目を持つミーア・ホルは、潜在的な大量虐殺者にはまったく見えない。フートシュナイダーは、あれほど賢明なゾフィでさえこの女に騙されたんだぞ、と自分に言い聞かせる。他人の魂の奥底まで見通せる人間などいない。どれほど人間という存在を美化しようと、それが事実だし、それでいいのだ、と。

フートシュナイダーは、必要もないのに参照のために法令集を持ってきており、それをバリケードのように小さな机の上に積み上げている。

「ホルさん」フートシュナイダーは言う。「髪を耳にかけて、顎をあげて、私のほうを見てください。ありがとう、それで結構です」

ミーアは言われたとおりにし、誇らしげとさえ言える様子で、背もたれのない椅子に背筋を伸ばして座り、耐えがたいほど執拗に裁判長の顔を見つめる。その視線には、子供のような怒りと、絶望のなかの一縷の望みと、純粋な恐怖とが混じり合っている。フートシュナイダーは生まれて初めて、黒いサングラスをかけたいと思う。

「共犯証人を入廷させてください」フートシュナイダーは机に置かれた小さなマイクに向かって言う。

ほぼ同時にドアが開き、ふたりの警備員が、手錠をかけられたひとりの男を連れてくる。ミーアと同様、男も白い紙でできた上下を着ている。その顔は下半分がマスクで覆われている。フートシュナイダーは警備員に、証人をガラス板の手前まで連れてくるようにと合図する。

「ダレトモですね」フートシュナイダーは言う。「この女性を知っていますか？」

「ミーア・ホルです」証人は間髪を容れずに答える。視線が神経質に法廷じゅうをさまようが、被告人ミーアのほうはほとんど見ようとしない。

「なんてこと」ミーアは手錠をかけられた男を同情の目で見つめる。「いったいどんな目に遭わされたの？」

「アラビア数字、一」フートシュナイダーはヴォイスレコーダーに向かって言う。「被告人は即座に、目撃者に対して友人どうしらしい言葉をかける」

「クラーマーのせいでこんなことに？」ミーアは訊く。

「彼女はモーリッツ・ホルの姉です」〈ダレトモ〉は、まるで紙に書かれた台詞《せりふ》を読むかのような調子で言う。

「あなたヴュルマーでしょ、ジャーナリストの。正当な国家とは、足を締め付けない限り履いているのを忘れる靴のようなものだ――そう言ったのよね、そうでしょ？　私、いい言葉だと思った」

「アラビア数字、二。被告は証人の身元を知っている。証人と見解を一にしている」

「ミーア・ホルはモーリッツ・ホルから〈カタツムリ〉の指揮を引き継ぎました」ヴュルマーが証

言を続ける。

「そんな話、しなくていいのに」ミーアは悲しげに言う。

「連絡要員として私は、彼女と何度も〈大聖堂〉で会いました」

「アラビア数字、三。証人は被告を反メトーデ組織の指導者と認める」

〈ダレトモ〉は裁判長のほうを向いて、「これで全部です」と言う。

「ヴュルマー」ミーアは言う。「あの記事を書いたとき、きっと私のことをじっくり考えたでしょう？〈メトーデ〉の魔手にかかった無実の女のことを」

「もう退廷させてください」〈ダレトモ〉が言う。「いますぐ」

「ねえ、私と話をすることを想像したでしょう？あなたが何年も頭のなかだけで考えてきたことをすべて話し合うことを。そういう会話をしながら相手の目をまっすぐ見るのはどんなにいい気分だろうって、考えたでしょ」

「アラビア数字、四。被告は証人を同志として扱っている」

〈ダレトモ〉は焦ったようにあたりを見回し、手錠をかけられた手を持ちあげて、警備員を手招きしようとする。

「もう証言はした！」〈ダレトモ〉は叫ぶ。

「ほら、私はここよ、ヴュルマー！これが私の目。これが私の声。もっとガラスに近づけば、私の匂いをかぐことだってできる！」

「アラビア数字、五」フートシュナイダーが言う。「証人と被告の対面は終了」

「私は、あなたが本心で考えていることに賛成！」ミーアは叫ぶ。「私はみんなの考えに賛成！

ぐ見ながら！」

私は凶器《コルプス・デリクティ》なのよ、ヴュルマー。いまの嘘、もう一度繰り返してみなさいよ、私の顔をまっすぐ見ながら！」

「連れていってください」フートシュナイダーが言う。

〈ダレトモ〉はミーアに素早く視線を投げるが、警備員にぐいっと体の向きを変えられ、引っ張られて退廷していく。裁判長はさっさと持ち物をまとめようと懸命だ。

「ときどき」と、ミーアはかつての自分の言葉を繰り返す。「人生がこれほど無意味なのに、それでもなんとか我慢して生きていかなきゃならないから、銅管を適当に溶接したくなるわけ。で、なんとなく鶴に似たなにかができたりする。全部ぐちゃぐちゃに絡まり合って、虫けら《ヴュルマー》の巣みたいになったり。ね、面白くないですか、フートシュナイダー判事。一緒に笑ってくださいよ！」

フートシュナイダーが法令集を小型トランクにしまい終え、蓋を閉めても、ミーアはまだ笑っている。彼女は明らかにこの自分を笑っているのだと、フートシュナイダーは思う。そして、急ぎ足で法廷を立ち去る。

世界中のどんな愛も

彼は芝居が下手だ。彼がそれを知っていることを彼女が知っていることを、彼は知っている――と、永遠に続けることができそうだ。ローゼントレーターは、面会室に入る前からすでに、自分のすべてを見透かされているような気がしている。モーリッツの無実が証明されてからというもの、ミーアの目つきはなんだか奇妙だ。すべてを貫き、見通すような視線——まるで世界全体がガラスでできているかのように。それは相手に痛みをもたらす視線であり、さらされたいとはとても思えない視線だ。特に、悪い知らせを伝えなければならないときには。しかもいまは、ローゼントレーターの頭も、両手も、シャツも、ズボンのポケットも、すべてが悪い知らせでぱんぱんに膨らんでいる状態なのだ。なんだか自分自身が悪い知らせそのものになってしまったかのような気分だ。面会室の敷居をまたぐ前に、自信ありげな落ち着いた表情を顔に貼り付けたせいで、頬が痛い。もちろん、ミーアはすでに部屋にいる。彼女がドアから入ってくるところを一度でも見たことがあるかどうか、思い出せない。いつもこちらが入っていくと、ミーアはすでに適切な場所に立つか座るかしている。まるで、予定された場面に備えて誰かがそこに置いたかのように。もしかしたら、ミーアの背中にはスイッチがあり、腹のなかには銅線コイルが入っているのかもしれない。ここ数日、ローゼントレーターは、自分がミーアを憎み始めているのに気づいている。そしてそんな自分の感情を、その感情に快感を得ていることを恥じている。憎悪はこの状況を楽にしてくれる。なんの理由もなく、それでも心の底からミーアを嫌悪することで、心が軽くなるのだ。

ミーアはローゼントレーターを見つめ、彼がプレキシガラスの前の椅子に腰かけるのを、じっと身動きせずに待っている。その顔はやつれており、ローゼントレーターは、食事をじゅうぶんに与えられていないのだろうかと考える。正直に言えば、それを知りたいとはまったく思えない。できることなら、すべてを終わらせてしまいたい。ホル事件で大きな勝利を収めた後、事態は間違った方向へ転がりつつある。ミーアのせいだ。こちらの助言に従うことを拒み、過激な声明を出すことにこだわったのは、ミーアなのだから。クラーマーのような肉食獣に喜んでドアを開け放つような奇妙な真似をするとは！　ローゼントレーターの目には、それは強迫観念であり、マゾヒズムに映る。いや、いっそ精神障害と言ってもいいのではないか。もちろん、すべてを始めたのはローゼントレーター自身だ。そして偉大な成功を収めた。ところがそこでミーアが手綱を奪い取り、彼女独自の滅茶苦茶な計画を実行し始めた。いまとなっては、ローゼントレーターがミーアのためにできることはほとんどない。これは法律の世界では重畳的因果関係と呼ばれる。責任はどこにあるのかという単純な問題だ。なんらかの結果を招く行為に及んだのは、ミーア自身だ。だからその結果の責任も彼女ひとりにある。ミーアの弁護士が良心の呵責を覚える理由はかけらもない。

ローゼントレーターが目の前に座ると、ミーアの表情が明るくなる。「どうも」と簡単に挨拶する。

どうやらローゼントレーターに会えて嬉しいようだ。そしてそのせいで、ローゼントレーターはますますミーアを憎む。そんな自分の感情を、混乱しているせいだとひっそり正当化しながら。実際、なにもかもが自分の許容量を超えていると感じる。この会話をどう始めていいのかさえわからないのだ。ましてや、次にどんな手を打つべきかなど、見当もつかない。ミーアが助け舟を出す。

「簡単なことよ」とミーアは言い、ローゼントレーターは、彼女は人の思考を読むことができるのかと不安になる。「空気を肺に吸い込んで、口蓋帆《こうがいはん》と声門《せいもん》に力を入れて、そこに息を通しながら、舌と唇を動かすの。別の言い方をすれば、要するに『話せ！』ってこと」

ミーアは微笑む。おそらく冗談を言ったつもりなのだろう。おまけに今度は、慰めるように手をガラス板に当てる。それを見てローゼントレーターは絶望感に襲われ、そのせいでようやく思い切って話すだけの力が湧いてくる。

「メトーデ最高裁は君の、じゃなくて、我々の訴えを棄却した」ここで呟ばらい。「成功の見通しが薄いという理由で」

「じゃあ、私はこのままここに？」

「どうもそうなりそうだ。不可抗力の厄災の申請も、再申請が不可能な形で棄却された。君に対する裁判は続けられる」

「別にそれほど驚くことじゃないわよね？」

「そうだね」

「新聞、持ってきた？　読んで」

「本当に？」

「ぜひ」

ローゼントレーターは日刊紙の小さな束を取り出す。なるべく害のない記事だけを、気を付けて選んだつもりだ。

「ミーア・ホル事件に新事実発覚」と、読み始める。「ボツリヌス菌の発見により、事件の新たな面に光が」

「ボツリヌス菌って？」ミーアが問う。

「読み上げてほしいんだろう？　違うのか？」

「もちろん！　でも、いったいなにがどうなってるの？」

「僕が自分で説明したほうがいいかもしれない」ローゼントレーターは新聞を置くと、ハンカチを取り出して、汗で濡れた手のひらを拭う。「君のマンションの部屋で、培養された細菌が見つかった。食料チューブから」

「私の部屋で？」ミーアは一瞬考えた後、顔を曇らせる。「なんてこと。だからクラーマーはあのチューブが必要だったんだ」

「チューブの外側には君の指紋が付いていた。そして中には五十グラムのボツリヌス菌」

「国の半分を消滅させられるくらいの量じゃない！」

「君の職場の研究室で、君はボツリヌス菌を取り扱っていたと誰かが証言した」

「十年前の話よ。新薬の開発のためだった」

「そんなことはどうでもいいんだ、ミーア。メトーデ保安局は君のデータを全部解析した。保存された通話記録や、自宅の盗聴記録、電子機器による通信」

「で？」

「君のコンピュータに、飲料水の供給計画のデータが見つかった」

「私、自主管理マンションに住んでるのよ。電力供給や下水施設の計画だって持ってる」

「飲料水がボツリヌス菌で汚染されれば大惨事になる」

「あなたは、全部真っ赤な嘘だって、わかってるのよね？」

「ああ」

「じゃあ、これからどうするの？」

「即座に家宅捜索に対する苦情を申し立てたよ。でも彼らは用心深かった。全部完璧だった。検察による捜索理由。裁判官命令。見つかった証拠品は目撃者によって確認済み。目撃者はポルシェとリッツィとかいう女性だ」

「きっと喜んだでしょうね」

「メトーデ保安局の間違いを証明するのは難しい。不可能と言ってもいいほどだ」

ミーアは虚空を見つめながら、ゆっくりとうなずく。やがて、なにかに耳を澄ませるかのように首をかしげる。

「正門前のあの人たち、もう叫んでないのね？」

「ああ」ローゼントレーターは無念の思いで答える。「正門前には、もう誰もいない」

「変ね。いまでもまだ聞こえるけど」

「それでいいんだ！」ローゼントレーターはプラスチック製の椅子の肘置きに平手を叩きつける。「僕たちは諦めない。メトーデ最高裁に新しい訴状を提出するよ。それにメトーデ評議会宛てに陳情書を書いて、僕たちの見解を訴える。それから、新進気鋭の記者を知ってるんだ、彼に……」

ミーアが顔を上げる。

「私の事件、手放したい？」

「僕がいつそんなことを言った？」ローゼントレーターは抗議する。「どうしてそんなことを？」

「もしそうだとしても、私は全然悪く思ったりしないから。手を引きたいのなら、いますぐそう言ってくれたほうがいい」

しばらくのあいだ、ふたりはそれぞれの物思いに沈潜して、黙っている。やがてローゼントレーターは背筋を伸ばし、新聞をしまいこむ。もちろんこの件からは手を引きたい。できることならミーア・ホルには二度と会いたくない。けれど、まさにミーア自身に提案されたせいで、そうはできなくなってしまった。世の中には英雄にも犯罪者にもなれない人間がいる、とローゼントレーターは思う。そんな人間が常に多数派だ。ローゼントレーターは答えを口にする。自分でも驚いたことに、決然とした響きだ。

「いや」と、彼は答える。「ふたり一緒にやり抜くんだ」

「お好きに」

ミーアはローゼントレーターの決意を喜んでいるようには見えない。もしかして、いまとなっては裁判で弁護してもらおうが、もらうまいが、どうでもいいのかもしれない、とローゼントレーターは考える。もうとうに自分の置かれた状況を、僕よりもよく理解しているのかもしれない。自分自身の運命を見極めているのかもしれない。彼女の性格的にもありそうなことだ。冷静で、緻密で、感傷的なところがまったくない。ということは、彼女はいままでは、ことは訴訟の取り消しや裁判戦略やメトーデ評議会への陳情などといった問題ではないことを知っているのだ。いまとなっては、ボツリヌス菌が見つかったことさえ本質的な問題ではない。問題なのは、ひとりの人間のデータトラックが何百万もの個々の情報を含有しており、そこからどんなモザイクでも好きなように組み立てられるという事実だ。ミーア・ホルは体制にとって危険な存在だと〈メトーデ〉が考えれば、実際に危険な存在になる。ローゼントレーターもまた、横からちらりとミーアに目をやるだけで――鼻が鋭く突き出た横顔の輪郭と、眼窩《がんか》に深く落ちくぼんだ目を見るだけで――やはり彼女が危険な存在に見えてくる。だがそれも、ミーアが両手で髪をかき上げ、こちらに微笑みかけるまでのことだ。

「それで、そっちは？」ミーアは世間話のような軽い口調で訊く。「調子はどう？」

「ああ、まあ」ローゼントレーターはそう返す。数日前から、自分で自分に同じことを問い続けている。絶え間なく。だが答えは出ない。「あの、例の……彼女とは、別れたよ」

「なんですって？」ミーアは今日これまでのどんなニュースよりも、この知らせに憤ったように見える。「『火傷に対する冷たい水のような女性』と？　いったいどうして？」

「そのほうがよかったんだ。ここのところ、ずっと喧嘩ばかりで。何週間も。君のことでだよ」

「でも、まさか彼女、私たちのことを……」

「そうじゃない」ローゼントレーターは苦笑する。「もし問題がそれだったんなら、むしろ楽だっただろうな。実は彼女は、僕がどうして君の事件に関わって僕自身の身を危険にさらすのか、どうしても理解できなかったんだ。僕のことを出世欲の塊だって罵った。だから僕は結局、君の裁判がどういう意味を持つのか、彼女に打ち明けざるを得なかった。人生でただひとりの女性に出会ったというだけの理由で、自分のことを逃亡中の重罪犯みたいに感じることに、もう耐えられなかったんだって。問題提起をしたかったんだって。機会が巡ってきたんだから、抵抗しないわけにはいかなかったんだって」ローゼントレーターは顔を覆う。声は虚しく響く。「それを理解すると、彼女は激怒した。普段は穏やかな人なんだ。僕をあんなふうに罵倒したことなんて、これまで一度もなかった。私たちの愛が国家全体よりも重要だなんて、どうして思えるんだって。世界中のどんな愛も、テロリストの弁護を正当化する理由にはならないって、わめいたんだ」

「テロリスト？」

「訂正なんてできなかった。真相を説明することさえできなかったんだ、わかってくれるか？　彼女自身を守るためなんだ。彼女は普通の生活を送る人だ。ほとんどの普通の人たちと同じように、彼女も新聞に載っていること以外はなにひとつ信じない。僕には彼女の世界を壊す権利はない。こっちの世界に引っ張り込むわけにはいかないんだ」

「それはショックね」ミーアが言う。「ということは、あなたはこの旅の理由と目的をなくしたことになる。〈無意味〉を陰湿な絵にしたみたいな話ね。私の身の上に起きたことじゃなくて幸せだと思うわ」

ローゼントレーターは両手を垂らし、赤くなった目でミーアを見つめる。

「君は自分の置かれた状況が、僕のよりもましだと思うのか？」

「もちろん。だって私は、いつどんなときにも、こう言えるんだから――モーリッツもきっとこれを望んでたって。これまでのすべて、なにもかも、モーリッツはきっと望んだはず。まあ、私の強みは彼がもう反論できないことなんだけどね」

ローゼントレーターは突然、慌ただしく立ち上がり、荷物をかき集め始める。どんな人間にも痛みの限界というものがある。ミーアの最後の言葉は、ローゼントレーターの限界を超えた。

「許してくれ」ローゼントレーターは言う。「もう行かないと」

「ガラスに近づいて」ミーアが囁く。

ふたりは互いの側から両手をガラス板に当てる。

「持ってきてくれた？　あなたに頼みごとしたの、後にも先にも一度きりよ」

ローゼントレーターは左手を上着のポケットに入れ、なにかを握って隠すと、ガラス板にキスをするふりをして、会話用の小さな穴のひとつから通す。

「ありがとう」ミーアはそれを手に握り込む。釣り糸ではない。長い針だ。

「反論を公表する」ミーアの視線は、追い立てられた獣のように、クラーマーの両目のあいだを行ったり来たりしている。「全部、正すから。チューブからボツリヌス菌！　笑わすなっての！　細菌は空気のない容器のなかでは増殖できないって、知ってた？　さあ、私たちふたりで、あなたの計画の自然科学上の細かい点を訂正しましょう。今回もあなたを拡声器として使うから、紙とペンを用意して」

「いまはさらなる声明を出すのに適した時ではありません。ことは順調に運んでいる。私たちふたりとも、しばらくのあいだはおとなしくしていましょう。趣味の革命家たちは家に帰り、自分を恥ずかしく思い始めています」

「あなたは好きなだけおとなしくしてたらいい。私はしない。私の支持者に語りかける」

「残念ながら、ミーア」

「紙とペンを！」

ミーアはいきなりクラーマーに飛びかかり、爪を振りかざす。以前、メトーデ保安警官たちに向かってしたように。暴力ほど、人が迅速に慣れるものはない。

「もうなにもかもどうでもいい！」ミーアは叫ぶ。「だから私は危険なのよ！」

「なにより、笑いものになるような真似はやめるんです」

クラーマーは抵抗するそぶりをまったく見せない。その不動の姿勢の前に、ミーアの攻撃は力なく自壊する。相手の強力な攻撃から身を守るために、引っかいたり蹴飛ばしたりするのは簡単かもしれない。だが、両手をズボンのポケットに突っこんだまま、リラックスした姿勢で壁にもたれている男を攻撃できるのは、かなりの上級者だ。

「オーケイ」とクラーマーは言う。彼の口からは滅多に聞くことのない言葉だ。もしミーアがクラーマーのことをもっとよく知っていれば、この言葉から、彼が一瞬、本気でミーアに恐怖心を抱いたことが読み取れただろう。だがミーアの力は、すべて失われてしまっていた。

「では、よろしければ、これから事務的な話をしたいのですが」クラーマーは先ほどの数秒間を上着の袖からはたき落とし、演説をする者のようにミーアの前を行ったり来たりし始める。「このあいだ、自白と、刑事裁判におけるその役割について話しましたね。自白がない場合、完璧な一連の証拠が必要になります。目撃者証言、指紋、録音テープ、ほかにもいろいろ。被告が主張する主観的な真実が、ある程度まで、可能な限り客観的な真実に置き換わる」

「DNA検査は好んで使われる手法よね」ミーアはそう囁き、クラーマーはそれを無視する。

「あなたの事件の場合、一連の証拠に隙はなさそうです。それでも〈メトーデ〉は自白に大きな関心があります。あなたには豊富な特権を提供しましょう」

「特権？」わけがわからず、ミーアは顔を上げる。ほんのしばらくクラーマーの目を見ただけで、彼の交渉材料がなんなのかを悟る。人間の生に絶対的な価値を置く〈メトーデ〉を基盤とする国家は、死刑を宣告するわけにはいかない。代わりに無期限凍結という判決がある——つまり、未来のいつか、政治的条件が変わったら、蘇生して社会復帰できる可能性があるということだ。賢明な解決策ではあるが、それでも刑を受ける当事者にとっては快適とは言い難い。モーリッツがいつも言っていたように、死ねば消滅し、逃げられる。けれど凍結される者は永遠に、決定的に、体制の一部であり続ける。狩りの獲物であり続ける。

「あんたたち、本当に極端なことをしてはばからないのね」沈黙を破って、ミーアは言う。「私は自分がなにを責められているのかさえわからないっていうのに」

「いいえ、わかっているはずです。昔ならこう言ったところですね――国家反逆罪、と」

「で、今日ではなんと？」

「メトーデ保安局はあなたのために力を尽くしたんですよ、ミーア。専門家の緊急の助言に従って、ベル検事とフートシュナイダー判事は、あなたが自白した場合には情状酌量の余地を認めることで合意しました。凍結刑の代わりに懲役刑。数年の服役後には、服役待遇の緩和もあり得ます。あなたはまだ若い」

「私がボツリヌス菌とかいうあなたのバカバカしい作り話をそのままなぞって自白するのを、本気で望んでるの？　弟の死は存在さえしない抵抗組織が演出したものだと、私に主張しろと言うの？　どうかしてるわ、ハインリヒ・クラーマー」

「ゆっくりと考えてみるべきだと思いますよ」

「考える必要なんか一秒たりともない。あんたたちは私から、大切なものをすべて奪った。弟、家、仕事。正義といったものを信じる気持ちも。まあ、これまでに本気で信じたことがあったかも疑問だけど。ねえ、最後にはなにが残るか、知ってる？」

「また時代錯誤の二十世紀の話が始まるんですか?」

「魂は残る」ミーアは言う。「精神も。尊厳も。私を凍結するのが楽しいなら、すればいい」

「それこそきっと、モーリッツは望まなかったでしょうね」

「うるさい!」ミーアは叫ぶ。「モーリッツの話は二度とするな! あと一度でも弟の名前を口にしたら、窒息死するがいい!」

「おお、なんと!」クラーマーはわざとらしく驚愕してみせ、宙で十字を切る。「魔女が呪いをかけた。闇の死者よ、退け! いや、すみません。ちょっとした冗談です。さて、真面目な話に戻りましょう。モーリッツの件は、我が国にとって手痛い一撃でした。〈メトーデ〉が間違いを犯し得ると、初めて証明されたわけですから。テロの脅迫があったのはご存じでしょう」

「あら、趣味の革命家たちは家に帰ったんじゃなかったの?」

「それどころか、RAKは勢いを増しましたよ。当局には、市民たちがこれといった理由もなく健康維持義務と衛生義務を順守しなくなっているという報告が増えています。でも、気づいていただきたいのは」クラーマーは身を乗り出すと、当たり前のようにミーアの手を握ろうとする。まるで、これまでの経緯がふたりを結び付け、夫婦にしたかのように。「今日ではもう、健全な免疫機能を持つ人間などいないということです。皆がそろって安全と衛生を保つ努力をしなければ、数週間とたたずに疫病が蔓延するでしょう」

「それが私になんの関係が?」

「今後すべての抵抗運動は、弟さんの件を引き合いに出すでしょう。ひとつひとつの出来事が重なった挙句、血なまぐさい大惨事に至ることは、歴史が教えるとおりです。プラハ窓外放出事件、バスティーユ襲撃、サラエボ事件。モーリッツ・ホル裁判。あなたの理性に訴えたい。ご自分でおっしゃるように、ちょうどいま本当の自分を見つけたというのなら、その本当の自分がそんな責任の重みにどうやって耐えるつもりなのかも、考えてもらわなくては」

「重み？」ミーアは肩を回し、「なにも感じないけど」と言う。

クラーマーは一歩ミーアに近づく。

「もし歴史を巻き戻すことが可能だとしたら、オーストリア皇太子フランツ・フェルディナントの暗殺をなかったことにしますか？」

「かもね」ミーアはためらいながら答える。

「腹立たしいことに、起こったことは取り消せません。けれど、将来起こるかもしれないことを阻止することはできるんです、ミーア・ホル。あなたはご自分の『尊厳』のために、何百万、何千万の人々が依拠する体制を危険にさらすつもりですか？　自分という人間をほかのすべてに優先させるのが『尊厳ある』行為でしょうか？　最も大切なものはなんです、ミーア・ホル？　あなたの尊厳に照らして、人間とはなんです？」

「そんなのわからない」ミーアはすねたように言う。

「それならちゃんと考えることだ！　二十四時間の猶予をあげましょう」

「いらない。弟のことも、私自身のことも、裏切るつもりはない」

「それは最終決定ですか？」

「簡単な話よ。あなたは私を説得できると思っている。反論するだけの論拠を私が持たないからって理由で。でもね、逆なのよ。私には論拠は必要ないの。論拠がなければないほど、私は強くなる」

「ミーア……」クラーマーは両手を揉みしだき、それからポケットに突っ込み、また出す。突然、彼の姿はどこかローゼントレーターを思わせる。どうやら頭のなかの辛い想像と闘っているようだ。「〈メトーデ〉はあなたに提案をする。けれど懇願はしない。わかりますか？」

ミーアが答えないので、クラーマーは独房のなかを再びうろうろと歩き始める。

「話はまだ終わりじゃありません。刑事裁判の歴史は、その進歩性にもかかわらず、完全に不可逆的なものではないという事実をお伝えせねばなりません。特殊な意味と大きな影響力を持つ状況においては、つまり社会全体に対する危険が認められる場合には、もはや使われなくなった古い手法を適用せざるを得なくなることもあります」

数秒のあいだ、ミーアは言葉を発することができず、ぽかんとクラーマーの顔を見つめ続ける。

「はっきり言いなさい、クラーマー」ようやく、そう言葉を絞り出す。「なにを考えてるの？」

「技術的な細かい点は、ほぼなにも変わっていません。本質的には、すべてが五十年前と同様に行われます。あなたは箱に入れられます、もちろん全裸で。そして頭に黒い頭巾をかぶせられる。それから手足の指と性器に接続部品が取り付けられます。洗濯ばさみに似ていなくもない」クラーマーはここで指を開き、また閉じて、そういった部品を扱う仕草をする。「電流強度は徐々に増加します。高度な訓練を受けた大学病院の医師ふたりが、あなたが、その……あなたに万一のことがないように、配慮します」

ミーアは首を振って、大声で笑い、クラーマーに背を向けると、ドアに向かう。ドアは施錠されている。ミーアはドアノブをつかんで何度か激しく揺さぶるが、やがて諦めて、人差し指を立てると、冷たい金属をなでる。まるでドア表面の品質を確かめるかのように。

「なるほど、そういうことなのね。不可逆的、その進歩性にもかかわらずって！」笑いながら、ミーアは振り返る。「根本的には、私たち、とうに全部知っていた。そうじゃない、クラーマー？もちろん、あなたは知ってた。でも私も知ってた。なにも変わってないって。決して変わることなどないって。体制なんてどれも似たようなものなのよ。中世は時代の名前じゃない。中世っていうのは、人間の性質の名前なの」

「厳しい言葉ですね。ですが、まったくの間違いでもない。さて、あなたの決断をもう一度考え直す気は？」

「ない。あなたは立ち合いたい？」

「気が進みません」クラーマーは咳ばらいをする。「私の胃の神経は、あまり丈夫とは言えなくて。ですが、どうしてもとおっしゃるなら……」

雨が降る《エス・レーグネット》

「ただの身体。身体。ただの身体」

ミーアの声から、彼女がすでに何時間もこうして自身と会話していることがわかる。

「私の足の指は身体の一部。私の手の指は身体の一部。私の性器は身体の一部。腕と脚は身体の一部。胃は身体の一部。心臓は身体の一部。脳は……」ここで一瞬言葉に詰まる。痙攣が起きて肩が震え、頭が何度も床に打ち付けられる。「私の脳も身体の一部。自分自身を見つめる物質。そんなもの、くれてやる。モーリッツもきっとそう望んだ」

再び全身が痙攣に襲われる。ミーアは片手を右のこめかみの下に差し入れ、額を守ろうとする。まるで、いまだにあの機械につながれているかのように。彼らはいつの間にか箱とケーブルを片付け、ミーアを床に放置して、去った。胎児のように身体を丸めて、ミーアはいま狭い独房に横たわり、定期的に襲ってくる痙攣を別にすれば、永遠とも思われるほど長いあいだ動かずにいる。床はタイル張りで、冷たく、固い。その点では、ミーアがもうなにも感じないのは幸運だと言える。いま、ミーアにとって床よりも深刻な問題は、照明がまたたいていることだ。正確に言えば、照明は一・五秒の規則的な間隔で、ついたり消えたりしている。ミーアの身体はぎらつく光に包まれたかと思うと、直後にまた暗闇に突き戻される。ついたり、消えたり。いつだってふらふら揺れてなきゃ。自由な人間は、壊れたランプと同じだよ。モーリッツはいつかそう言っていた。

光のせいで、ミーアは眠れない。考えることもできない。閃光は、ひらめくたびにナイフのようにミーアの脳に突き刺さる。平安は訪れない。意識を失うことはできない。慈悲深い忘却のなかに沈み込むことはできない。ミーアは——または、ミーアの残骸は——冴え冴えとした意識を保ち続けるという刑を受けている。

「あなた、私に言ったことがあったわね。姉っていう存在のいいところは、わざわざ信じる必要がないってことだって。それが、神や、あなた自身や、あなたの思索や行動との違いだって。私はあのとき、神を除けば自分の存在証明を延々と求め続けるような馬鹿なやつはいないって言った。そうしたらあなたは真面目な顔になって、神の存在はとうに証明されてる、しかも、まさに『神はいない』とか『神は死んだ』なんていう言葉によって証明されてるんだって答えた。私が納得しなかったから、あなたは説明を始めた。もしなにかが本当に存在しないのなら、わざわざその存在を否定したり、死んだと宣言したりする必要はないじゃないかって。じゃないと、『カスマネテンは存在しない』とか『ティーゼルは死んだ』とかいう文章が世の中に溢れかえることになるよって。カスマネテンってなによ？　それにティーゼルって誰？　そう訊いたら、あなたは笑い出した。それも盛大に！　ほらね、だから、どっちも実際に存在しないんだよ！　って。存在しないものが存在しているとされるのを防ぐために、これこれは存在しないと延々と否定し続ける必要がないのは幸いだよ。でないと、一日じゅうほかにはなにもできなくなっちゃうからね。ああ言ったとき、あなたは十二歳になったばかりだった」

次の痙攣が起きたとき、ミーアは両手を頭の下に差し入れて、わずかながら寝返りを打ち、ほぼ仰向けになることに成功する。

「もちろん私も一緒に笑った。楽しかったね。私たち、よく一緒に笑った。特に、ふたりとも子供で、あなたが哲学に目覚めたばかりのころには。哲学はいつまでも終わらない笑いそのものだった。『存在する《エス・ギプト》』か『存在しない《エス・ギプト・ニヒト》』か——そもそも、それってどういう意味だろう？　あなたはそんなふうに問うた。世界は僕たちに『与えられている《ギプト》』ってこと？　でも、誰が与えるの？　『それ《エス》』が与えるの？　この『それ《エス》』って、『雨が降る《エス・レーグネット》』って言うときの『エス』と同じ？　文章をそのまま取れば、『雨が降る』って、『エスが雨を降らせる』だもんね。ほかにも『エスが凍えさせる』で『寒い』とか、『エスが行く』で『うまくいく』とか。『エスが楽しみを作る』で『楽しい』とか、

『エスは時間だ』で『いまがそのときだ』とかさ。もしそうなら、神と『私《イッヒ》』には共通点があるってことだね。どっちも代名詞以上のものじゃないっていう共通点。単なる文法上の問題なんだ」

ミーアの口から音が出る。好意的に取れば笑いと咳の混じったものと解釈できなくもない音が。

「あなたはすごく賢かった。あれ以来、『雨が降る』って言うたびに、顔に笑みが浮かぶのを抑えられなかった。いま、雨は降っている？　そもそも、いまはどの季節？　窓の前の黒い木のこずえとか、通りの向かい側の黒いスレート屋根とか、雨が降っているかどうか確かめられるなにかが、人には必要よね。私たちには黒いものを見る基本的権利がある。その権利のために闘うわ。夜は、私たちが少しずつ暗闇に慣れるようにと発明されたもの。眠りは、私たちが一夜ごとに死に慣れるようにと発明されたもの。明かりを消して。長い思索の果てにわかるのは、いまが秋だってことだけ――そんなときもある」

しばらくのあいだ、ミーアは黙ったまま横たわり、照明がついては消えるリズムに合わせて、ぐにゃりと力ない足で床を打ち続ける。休みなく襲ってくる執拗かつ不要な思考の産物で、頭のなかが再びいっぱいになるまで。足を踏み入れる隙間もなく繁茂した論拠の原生林。話すことは、その原生林を開墾することだ。

「あなたの膝が、私のたったひとつの椅子であれ。あなたの背中が私の机であれ。あなたの目が私の窓であれ。あなたの口が、私が水を飲むグラスであれ。あなたの心臓が私の栄養であれ。あなたの脈拍が私の時計であれ。あなたの命が私の時間であれ。あなたの呼吸が私の空気であれ。夜中に私のうえに屈みこむときのあなたの顔が、私の月であれ。昼間に私のために笑うときのあなたの顔が、私の太陽であれ。あなたの声が、私にとってただひとつの音であれ。あなたの脈拍が私の時計であれ。あなたの命が私の時間であれ。あなたの死が私の死であれ」

痙攣が勢いを増して戻ってくる。ミーアの頭は激しく振れる。まるでそうすれば、蠅のようなうっとうしい思考を追い払えるかのように。こめかみが再び床を打つと、痛みがゆっくりと沁み込んでくる。どうやら右の耳から入ったようだ。痛みは腐植酸のように下顎に沿って広がり、唇を麻痺させ、ミーアの右目を閉ざす。アリの巣のような自分の頭が、目の前に見える。小さな通路からのみ成り立つ、腐食性液体で満たされたアリの巣。そうして、ようやく暗闇が降りてくる。

薄い空気

ピチャピチャという音がする。なにかが滴る、不規則な、明るい響き。雨にしては音が大きすぎるし、川の流れにしては水量が少ない。おまけに酢の匂いがする。ミーアが目を開けると、目の前にクラーマーの顔がある。だがミーアは驚きさえしない。もうとうに彼の肖像がまぶたの内側に描かれているも同然だからだ。

「ここでなにしてるの?」ミーアは訊く。

「あなたを復活させるために働いています」クラーマーはスポンジをボウルに浸し、それでミーアの額を拭く。「具合はどうですか?」

「最高。あと一分あれば、あなたの頭をかち割れるだけの力が戻る」

「それは嬉しい」クラーマーは言う。

突然、ミーアの頭が痙攣して右から左へと振れ、クラーマーが手に持ったボウルを叩き落とす。

「ごめんなさい」ミーアは言う。「副作用なの。でもたぶん、もうそんなことどうでもいいのよね」

「そのことで話がしたくて来ました」

クラーマーは、以前にも一度ここでミーアと話すときに使った折り畳み椅子を持ってきていた。クラーマーの最後の訪問の後、即座に独房から撤去されたものだ。クラーマーはミーアを床から抱き上げて、椅子の上に置く。それからしばらくは、ミーアの身体の各所を動かして座る姿勢にしたうえで、すぐにまた椅子からずり落ちることのないようにバランスを整えることに費やす。

「昔は」ミーアは言う。「魔女裁判の被告は、拷問に耐えきったら釈放されたんだけど」

「我々は残念ながら、そこまで中世に戻ろうとは思っていません」

「そっちの隅に行って」ミーアは顎である方向を指す。

「なんですって？」ちょうど自分も椅子に腰かけようとしていたクラーマーが、動きを止める。

「お願いだから」

クラーマーは向きを変えると、指示された場所に行く。

「私がなにに一番ショックを受けているか、ご存じですか？」と訊く。

「跪《ひざまず》いて」

ミーアのぐったりした姿に探るような視線を向けた後、クラーマーは床に膝を突き、その姿勢のまま話し続ける。そんな彼の姿は古色蒼然としている。まるで祈るキリスト教徒のようだ。

「昨日から」と、クラーマーは続ける。「ずっとそのことばかり考えているんですよ。私はずっと、ここ数年で重要な問いについてはすべて考え尽くしたと思っていました。正しい人生は、四つの段階から成り立っています。人は最初の二十年は思索し、次の二十年には発言します。その後、第三の段階では行動し、最後の段階では再び思索に戻るんです。私は最近、発言の段階から行動の段階に移ったところです」

「床のタイルの隙間に爪を差し込んで」ミーアは言う。

クラーマーは言われたとおり、床を探る。「ところがそこであなたが現れたんですよ、ミーア。そして私は再び悶々と考え込むことになった！」

クラーマーの声は上機嫌だった。跪いたまま、上半身をひねってミーアのほうを向く。まるで、自分の精神的若返りをミーアもまた喜んでくれているかどうか、確かめるかのように。だがミーアの意識は、もっと具体的なことがらに集中している。残った力を総動員して椅子に座り続け、よく見ようと目をすがめる。

「見つけた？」

「これですか？」

立ち上がったクラーマーは、親指と人差し指で一本の長い針をつまんでいる。

「素晴らしい」ミーアは言う。「こっちに来て」

クラーマーはおとなしくミーアの前に進み出る。「私がなにを考えているか、まったく興味がないんですか？」

ミーアは針を受け取ると、激しく頭を振る。痙攣を起こしたように見えるが、今回は本当に否定を表している。

「あなたは私を狂信者と呼んだ」クラーマーが言う。「ですが、狂信者はあなたのほうではないですか。最近身に付けたばかりの真新しい信条のために死のうというのですから。奇妙じゃありませんか？」

「屈んで」

　クラーマーは腰を折り、サッカーのゴールキーパーのように両手を膝に当てて腕を突っ張ると、顔をミーアの顔ぎりぎりまで寄せる。ふたりは至近距離で互いの目を見つめ合い、ミーアは針を持ち上げて、クラーマーの右目に向ける。

「そのことがどうしても頭から離れないんですよ」クラーマーは話を続ける。「狂信者と殉教者を分かつものはなにか？　もう何年も前に一方の側につくと決めて、そのためにすべてを犠牲にするこの私こそが殉教者ではないのか？　それに将来もずっとそれに奉仕しようと考えているんですからね？　しかも、人間に与えられた最も価値あるもの、つまり私の人生の時間を使って。一方のあなたはといえば、大きな力にやみくもに立ち向かい、どうしても死へと向かいたいという有様です！　それこそが狂信というものでは？　違いますか？」

　ミーアは針をさらにクラーマーの目に近づける。

「全然怖くないの？」

「はい」クラーマーが言う。

「やっぱりね。でも私は怖い。あなたの狂信が親木だとしたら、私の狂信なんて、そこに生えた発育不良の芽みたいなものに過ぎない」ミーアは持ち上げていた手を下ろす。「考えてもみてよ。私がこの針をわざわざ手に入れたのは、あなたの目を突き刺して脳まで貫通させるためだったのよ。

あなたにはそれだけの価値があった。でもいまとなっては、私はもっと賢明になった。最も鋭利な武器は、自分自身に向けるものよ」

クラーマーは自分の目をミーアの鋭利な武器から守ろうとはしなかった。そしていまも、ミーアが取ろうとする行動を妨げようとはしない。ただ少しミーアから離れて、ミーアが紙の服の左袖をまくり上げ、上腕を探って、針を構えるのを、わずかな嫌悪感をにじませながら眺めている。ミーアが振り下ろす手の勢いに、ためらいはない。針はミーアの皮膚の数センチ下まで刺さる。

「私たちのうち、より大きな罪を犯しているのはどちらでしょうね？」クラーマーは目をそらしながら、そう訊く。

「もし自己疑念に苛《さいな》まれてるようなら、教えてあげるけど」と、食いしばった歯の隙間から言葉を絞り出すように、ミーアは言う。「ひとつだけ確かなことがある——一番大きなブタ野郎は、いつもあなただってこと」

ミーアの腕を血が流れる。紙の服に赤い染みが広がる。よく見えるようにと首をぎりぎりまで回し、しかと握り締めた針で、ミーアは懸命に傷口を広げていく。

「いまあなたが見てるのはね」ミーアは言う。「あなたの作品よ。あなたはこの針で、この腕で、この血なの。あなたはこの身体の惨めな残骸の正当な所有者なのよ——以前は幸せな女性らしきなにかだった、この身体の。ハインリヒ・クラーマー、自分が言ったことを、まだちゃんと憶えているる？　あなたはまず私を壊しておいて、それから、もう私にはなにも失うものがないといって非難する。まあ、そこにはユーモアがなくもないけど」ミーアは再び激しく頭を振る。「狂信者でないことを、あなたがそれほど誇りに思ってるとはね！　合理的な優位性を保つことと、分析的に対象と距離を置くことに、そこまで心を砕いてるとはね！　でもよく聞いて、ここからがオチだから。あなたはね、どんな狂信者よりもひどい。自分の狂信を恥じる狂信者なんだから。ねえ、知りたい？　なにがことさらおぞましいか」

「ぜひ。そのあいだだけでも、自分の筋肉をつつきまわすのをやめてくれるのなら。なにしろ私の胃の神経は、ほら、ご存じでしょう」

　だがミーアは、血まみれの傷をほじくるのを中断する気はまったくない。

「狂信者っていうのはね」ミーアは言う。「自分の考えにしがみついてる。母親のスカートにしがみつく子供みたいにね。一生の幸福が、ママの一番のお気に入りの子供であることに懸かってる。でもね、クラーマー、あなたの場合はそれでもまだ足りない。ママの一番のお気に入りであると同時に、ママのことを見下したいとも思ってる。いろんな概念を曲芸みたいに操って、自分を自由思想の持ち主に仕立て上げるんだから」ミーアは笑う。「それとも、一足飛びに殉教者に仕立て上げたいのかしら！」

「『ママ』という言葉が、いまのあなたには多大な意味を持つようですね」

「違う、クラーマー。あなたにこそ、このすべてが大きな意味を持つのよ。あなたのママは〈メトーデ〉で、あなたはママのおっぱいを吸える一番いい席を取り戻したいっていう渇望で震えてる。どうもこの地上での私の最後の使命は、大人っていうのがどういうものかを、あなたに見せることみたいね。もっと近くに来て、よく見なさい。ここに、このクソみたいなコレがある」

　ミーアはさらに深く首を傾けて、指の爪を傷口に突っ込む。

「まるで敗者の負け惜しみですよ」クラーマーはそう言うが、その言葉にはいつもの説得力はない。

「無駄なあがきはやめなさい。あなたの上にも、私の上にも、審判を下す法廷などない。あなたは虚無に向かって審判を求めているのよ！　あなたが狂信者か殉教者かなんて、誰も教えてくれない。私たちは、あまりに高くまで昇ってきてしまった。すべての嵐は眼下で起こるし、空気は薄くなった。叫んでも答えはない。自分の問いのこだまさえ返ってこない。あなたは、それでもとにかく自分は善き人間だと信じたいのよね。特に、私より善き人間だと。好きにすればいい。この宇宙にとってはどうでもいいことだから。ちなみに、私にとっても」

「私にとって重要なのは道徳的な問題ではなくて、むしろ……」

「ほら、クラーマー。あなたにプレゼント」

ミーアが伸ばした手の上には、血まみれのチップが載っている。たったいま腕から取り出したものだ。

「受け取って。これは私。あなたの正当な所有物。金の鎖でも作らせて、ぶら下げておいて」

「ありがとう」クラーマーはそう言って、白いハンカチを取り出し、チップを包む。

「残りはここに置き去りになる。もう誰のものでもない」ミーアは椅子から横ざまに床にずり落ちる。「つまり、みんなのものだってこと。完全に他人の手に委ねられた存在。だから完全に自由。聖なる状態。帰って。残骸は休みたい」

クラーマーはまだなにか言おうとするが、ミーアがすでに目を閉じているのに気づいて、口をつぐむ。それから数秒間、ミーアの穏やかな顔を見つめた後、肩をすくめる。

「殉教者の誇りというわけですか」クラーマーは言う。その言葉に軽蔑の念がこもっていることを、彼自身、にわかには信じられないように見える。

前記を参照のこと

「すまない、ミーア。すまない！」

全員がそろっている。ミーアのにじんだ視界に、法廷は果てしなく広がっている。傍聴人の一群は、四方の地平線まで続いている。黒服の人形たちのなかに、金髪をポニーテールにしたあの女性の姿がないかと探すが、見つからない。代わりに裁判官席の中央にいるのは、髭を生やした老紳士だ。前回対峙したときにもなんの共感も抱けなかった相手。

大法廷のあまりの喧騒に気を取られるあまり、ミーアは、入れられている檻の柵をたったいままで外からつかんでいた手にも、何度も何度も許しを請う声にも、ほとんど注意を払っていなかった。声も手も間違いなくローゼントレーターのものだったが、彼の姿はいまではもうミーアの視界から消えている。もしかして無理やり引きずられていったのかもしれない。ミーアは檻に閉じ込められていることを不快だとは感じない。ここにいれば、劇場の桟敷席にいるように、外の騒ぎを見物できる。不愉快なのはただひとつ、檻の隅に取り付けられた噴霧器から、数秒おきにミーアに向かって消毒液が噴射される際のシューッという音だ。その音の間隔が、ついては消える独房の照明を思い出させる。あの独房で最後に残ったなけなしの理性を失ったのだと、ミーアは考えている。いま見えるもの、聞こえるもののすべてが、狂人の妄想の産物のようだからだ。黒服の人形たちが、叫び、わめく群衆たちを見下ろす玉座に鎮座している。ミーアの理解が正しければ、群衆はミーアの首を求めている。とはいえ、この空っぽの箱同然の首を手に入れて、いまさらどうしようというのかは疑問だ。前方では、今日はいつもよりさらに不幸に見えるあの髭の老紳士が、小槌を法壇に叩きつける。

ようやく静寂が訪れる。白衣を着た医師が近づいてくる。まるで医師がミーアの手足の指に電流を流すための接続部品を取り付けようとしているかのように思われて、ミーアは檻のなかで後ずさる。そこで警備員が長い棒でミーアを前方の隅に追い立てる。医師は柵ごしに手を伸ばして、ミーアの左の上腕にスキャナーを走らせる。全員の視線が壁のモニターに注がれるが、そこに映し出されるのは、虚しく光る単なる四角形のみだ。ミーアは笑う。消毒液噴霧器がシューッと音を立てる。スキャナーが甲高い警告音を発する。医師はミーアの上腕のかさぶたになった傷を見つけ、法廷の正面へ駆けていって、裁判長になにやら耳打ちする。裁判長がうなずく。

「開廷します」裁判長フートシュナイダーが告げる。「〈メトーデ〉対ミーア・ホル」

黒服の人形たちのひとりが立ち上がると、ミーアに顔を向ける。ベル検事だ。ベルが延々と続く罪状リストを読み上げるのを聞きながら、ミーアは徐々に、ここでなにが起こっているのか理解した気になってくる。

「テロ組織の指揮」と、ベルが言う。「ジビレ・マイラー殺害幇助《ほうじょ》。大衆扇動。法執行官に対する抵抗」

リストの登場人物全員が、最後の出演機会を与えられる。舞台の終わりにひとりずつ緞帳《どんちょう》前に出てくる俳優のように。ミーアはそれを適切な手続きだと思う。素敵な思い付きだと。

「反メトーデ的謀略。〈メトーデ〉およびその象徴の否定。平和を脅かす関係の構築およびその維持。〈メトーデ〉の諸機関および代表者に対する攻撃。犯罪の扇動。治安妨害」

ミーアは両手を持ち上げて、拍手の準備をする。

「飲料水供給施設への攻撃計画。国家反逆罪。テロ戦争の準備。検察は最高刑を求刑します。被告の無期限凍結を」

ベルが読み上げを終えたとき、拍手をしたのはミーアひとりだ。群衆のなかから、ひとりの男が立ち上がる。

「虚偽裁判だ！」男は叫ぶ。「ミーア・ホル抹殺キャンペーンじゃないか！　魔女狩りだ！」

周囲の者たちが、男を椅子に引っ張り戻そうとする。賛同を表す幾人かのためらいがちな声が上がるが、大多数は怒号をあげて男の声をかき消す。フートシュナイダー判事が小槌を打ち下ろす。

「静粛に！　秩序を取り戻すように！」

ふたりの警備員が駆けてきて、騒ぎを起こした男の腕を抱え、法廷から連れ出す。この淀みないスムーズな処置に対して、ミーアは頭のなかで満点をつける。

前方では次の黒服人形が立ち上がる。ミーアの弁護士だ。ミーアの目には、ローゼントレーターは自分自身という役をことさら誇張して演じているように見える。まっすぐ立ち上がるまでに、ローゼントレーターは長々と時間をかける。そして、感情を抑えきれない様子で髪を引っ張る。まるで頭皮を帽子のごとく頭からはぎとってしまいたいかのように。もっと動きを抑制したほうが、効果は大きいだろうに。

「裁判長」ローゼントレーターが口を開く。「証拠の圧倒的優位性のため、弁護側は反証を放棄いたします」

法廷からざわめきが返ってくる。今日のローゼントレーターは、いつもの書類の束を持参していない。折りたたんだ一枚きりの紙を開き、そこに書かれた文章を、クラス全員の前で詩を朗読する小学生のように棒読みする。

「何人《なんぴと》も、危険人物を弁護することによって自ら反メトーデ主義者となる必要はない。危険人物には自身で自身を弁護する可能性が残されている。〈メトーデ〉万歳。サンテ」

こんなお粗末な文章しか用意してこなかったローゼントレーターにミーアはブーイングするが、ローゼントレーターは構わず腰を下ろす。傍聴人のなかから誰かが同調する。

「それはズルいだろう！」法廷の片隅で誰かがそう叫ぶが、すぐに口をつぐむ。警備員たちが法廷の四方の壁沿いに立ち、群衆に目を光らせているのだ。

「弁護側は、刑事訴訟における司法機関の自己防衛条項に依拠するということですね」フートシュナイダー判事が大声で言う。「本法廷はこれを記録に残します。では、まずは証拠調べから始めます。ハインリヒ・クラーマーさん、どうぞ証人席へ」

次に立ち上がるのは黒服の人形ではなく、背が高くほっそりした人物だ。誇り高い横顔と、夜の闇のような黒い目を持つその男は、もう何日も、何週間も、いや、それどころかそもそもの初めから、ミーアの人生において唯一本物の人間の役割を果たしてきた。クラーマーが法廷の正面へと進み出るのを視線で追いかけながら、ミーアの目は燃えるように熱くなる。消毒液のせいではない。ずっとクラーマーに会いたかった。

「〈メトーデ〉の名にかけて、真実のみを話すことを誓います、等々の誓いの言葉は省略」クラーマーは腰を下ろすやいなや、そう言う。「我が国は何十年もの歳月を費やして、我々市民ひとりひとりに長く幸福な人生を保証できる体制を構築しました。幸福の敵は数多く、把握するのも容易ではありません。けれど闘いは続きます！　我々は、我々の価値観を守り抜きます」

聴衆が自動的に拍手を始める。クラーマーは彼らをなだめるかのように軽くうなずくと、人差し指を唇に当てる。ベル検事が、大声を出すことで再び場の中心人物に返り咲こうと試みる。

「クラーマーさん、検察はあなたに事実関係の評価を……」

「被告を私ほどよく知る人間はいません」クラーマーがベルを遮って言う。

「そのとおり」ミーアはうっとりと言う。

「ホルさんは知的で、賢明で、自分の芯をしっかり持った人です。強い人です」

「ありがとう、ハインリヒ」

「つまり、彼女は確信犯です。かつては〈メトーデ〉の忠実な信奉者でしたが、今日では非常に危険な狂信者です。自身の思想のために死ぬことを厭わない。彼女に最高刑を宣告することは、彼女自身の意に沿うことなのです。我々は彼女を自由な人間として尊重します。罰は犯罪者にとっての栄誉です！」

再び聴衆が拍手を始める。一番盛大に手を叩いているのはミーアだ。

「ブラヴォー！」誰かが叫ぶ。

「静粛に」フートシュナイダーが言う。

ミーアはうなずき、拍手し、泣き、首を振る。あまりに激しく手を叩いているため、前[illegible]まだ続いている話はまったく耳に入らない。ミーアがようやく拍手をやめるのは、新たな証[illegible]れたときだ。白衣を着た三人の女性が不安げな足取りで法壇前に進み出たと思うと、ま[illegible]四方から攻撃されてでもいるかのように、あちらに、こちらにとうろうろし始める。ひとりの[illegible]備員が三人を証人席に連れていく。

「良心をもって、純粋な真実のみを話し、なにひとつ包み隠さないことを誓ってください」フートシュナイダーが言う。「手を挙げて」

「誓います」リッツィが言う。

「神よ、我らを助けたまえ」ドリスが言う。

「ちょっと、神はないでしょ」ポルシェが舌打ちする。

「では皆さん」フートシュナイダーが言う。「家宅捜索の際に目撃したことを……」

「はい、私たち、立ち会いました、ボス」とリッツィが言う。

「ミーアは殉教者なのよ！」ドリスが叫ぶ。

「あんたアホなの？」ポルシェが囁く。

法廷じゅうが囁きを交わす。いままでは警備員の一団が、傍聴人たちをぐるりと取り囲んでいる。そこから数人の警備員が証人席に近づく。

「ドリスが言ってるのは」リッツィが慌てて言う。「ホルさんはテロリストだということです」

「同じことよ」ドリスが言う。「殉教者とテロリストは！」

「また同類が現れた！」群衆のなかから、ひとりの男が立ち上がる。

「その女の口を塞げ！」二人目の男が立ち上がる。

「いい加減にしなさい」フートシュナイダーが警備員のほうを向いて怒鳴る。「静粛を乱す者を排除しなさい」

ドリスは空虚な目で、制服を着た警備員たちのほうを見る。

「どの新聞にも載ってたじゃないですか」ドリスは警備員たちに向かって言う。「でも私が一番最初に理解したんです。ミーアは良いテロリストだって！」

「反メトーデ主義者！」

「その女をつまみ出せ！」

「審理を中断して、全員退席させてください」陪席判事のひとりがフートシュナイダーに言う。

「まさか」記者席からハインリヒ・クラーマーが叫ぶ。「審理は今日中に終わらせなければ」

「静粛に！」フートシュナイダーが怒鳴る。

「〈メトーデ〉は人殺しだ！」という声が返ってくる。

そう叫んだ男は小柄で、弾丸のような丸い頭を持ち、髪はまばらだ。きっと職業はプログラマーだろうと、ミーアはあたりをつける。隣に座る男から拳で殴られ、床に長々と伸びた挙句、別の数人から蹴りつけられたその男の表情から察するに、生まれて初めて肉体的な痛みを感じているようだ。警備員が三人、傍聴席のあいだを縫って駆けつけ、弾丸頭の手足を持って、出口へと引きずっていく。

「お前たちは己の迷妄の祭壇にミーア・ホルを生贄として捧げようとしているんだ！」小柄な弾丸頭が法廷から連れ出されるとき、別の誰かが叫ぶ。

「そのとおり！」ドリスが叫ぶ。

傍聴席の前列に座る男たちが柵を乗り越え始めたため、警備員たちがドリスを取り囲む。ひとりがドリスに手錠をかけ、ほかは警棒を振り上げて、攻撃者たちからドリスを守る。ドリスが檻の前を通って出口へと連行されるのを見たミーアは、自身の出番がついにやってきたことを悟る。モーリッツがこの場にいない以上、まだここで発言すべき人間は自分以外にいない。ミーアは檻の柵をつかんで、激しく揺さぶる。檻全体がガタガタと音を立て始める。

「ストップ！　私の番！」周囲の動きが緩慢になり、皆が首を前方に振り向ける。突然、すべてが静まり返る。

「国を燃やし尽くせ」ミーアは言う。「ビルを破壊しろ。地下室からギロチンを持ってきて、無数の人を殺しまくれ！　略奪しろ、強姦しろ！　飢えろ、凍えろ！　そして、そのための心の準備がないなら、黙っていろ。それを卑怯と呼んでも、理性的と呼んでもかまわない。自分のことを私人だと思おうが、多数派につくだけの人間と思おうが、体制の信奉者と思おうがかまわない。非政治的な人間と思おうが、個人主義者と思おうが。人類に対する裏切り者と思おうが、人間性の忠実な守護者と思おうが。いずれにせよ同じことだ。殺せ、さもなくば沈黙せよ。それ以外はすべて芝居に過ぎない」

「妙ちくりんな狂信者だな」後に続く沈黙に向かって、陪席判事のひとりが言う。

「それだけ？」ミーアは訊く。「私への、拍手はどこ？」

「もうたくさんだ」ぐったりしたフートシュナイダーが、額と首筋の汗を拭く。「もうたくさんだ。被告人は法廷を侮辱している。これで結審とします。法律に則り、被告人に尋ねます。刑の執行に立ち会ってもらいたい人はいますか？」

「ハインリヒ・クラーマー」ミーアは即答する。

「承知しました」クラーマーが言う。

「よろしい」フートシュナイダーが言う。「では判決を読み上げます」


フートシュナイダーは書類の束から一枚の紙を引っ張り出す。どうやら内容は裁判前にすでに書かれていたようだ。ミーアは檻のなかに座り込んで、目を閉じる。

「それでも」小声でそう言って、微笑む。「それでも私は勝った」

「ローマ数字、一。被告を反メトーデ的謀略の罪で有罪とする。本謀略の具体的内容はテロ戦争の準備である。被告は国家の治安を危険にさらし、薬物を不正に使用し、検査義務を拒否することで公共の利益を害した。ローマ数字、二。よって被告を無期限凍結の刑に処する。ローマ数字、三。訴訟手続き費用および必要経費は被告の負担とする。理由は以下……」

理由は前記の物語を参照のこと。何度でも、何度でも、繰り返し、今世紀の初頭にも、今世紀の終盤にも、今世紀の半ばにも——前記を参照のこと。

終わった

いまがこの数週間で最も平穏な瞬間かもしれない。いや、もしかしたらこの数か月で。ベッドは快適で、部屋は清潔、空気は適温に調節されている。ミーアはすでに身体を洗われ、マッサージを受け、食事を与えられた。そして、皮膚を霜害から守るため、ネオプレン素材でできたボディスーツを着せられた。その後、ここへと運ばれて、機械の上に寝かされた。ガラス製のプレートと管の付いたその機械は、蓋を開けた日焼けマシンのような無害な外観だ。フートシュナイダーとクラーマーももはや脅威だとは思えず、ましてや等身大以上に大きな存在には見えない。クラーマーはミーアの額に濡れた布を当てて冷やし、ミーアが快適に横たわれるよう気を配り、白湯の入ったカップを手渡してくれる。ここまでやるなら、さらに洗い立ての香りがする白くてふわふわの羽毛布団までかけ始めても不思議ではない。ミーアは疲れている。「無力化する《カルトシュテレン》」は、文字どおりに読めば「冷却《カルト》して放置する《シュテレン》」という意味だ。素敵な言葉だ。恐怖を感じることもなく、ミーアは自分の鼓動が緩慢になり、呼吸がまばらになっていくところを想像する。それどころか、両目が空虚になる――つまり人間らしい視線が失われる――ところさえ。これは遺族が極度に恐れる点ではあるが、実際はただ、涙が瞬間的に乾くために起こる現象に過ぎない。外にはもう見るものなどないというのに、なぜ視線が必要なのか？　ミーアの頭も、もはや痙攣によって激しく振れることさえない。誰に対して、なにに対して「ノー」と言うべきか、もはやまったくわからないのに、なぜ首を振る必要がある？

「記録を取ります」フートシュナイダーが言う。「受刑者の刑執行の準備が整った。受刑者は保健法第二百三十四条に則り、あらゆる医学的事項について説明を受けた。立会人は裁判長フートシュナイダー、および受刑者の近親者としてハインリヒ・クラーマー。これから受刑者に最後の望みを尋ねる。ホルさん、最後の望みはなんですか？」

ミーアは心地よくうとうとしていて、自分が話しかけられたのだと気づくのに、しばらくかかる。

「こんな質問、本当にあるのね？」

「とことん古典的にやるんです」クラーマーが言う。

「じゃあ、私たちも古典的にいきましょう。煙草が一本欲しい」

クラーマーは嬉しそうだ。いまにも手を叩いて喜びそうに見える。

「やっぱり！」と叫ぶ。「そう来ると思ってました」

クラーマーは銀色の煙草ケースを取り出すと、優雅な仕草でミーアに一本勧める。

「いや、それはいくらなんでも……」フートシュナイダーが口を開く。

「あなたは腰抜けだ、フートシュナイダー」クラーマーは嬉しそうにそう答え、火を差し出す。

ミーアは煙を深々と吸い込む。

「受刑者は……」フートシュナイダーが記録簿に書き込む。「いや、やはり私としてはこんなことは……」目を上げて、そう言う。「では、受刑者は最後の望みを放棄した、とします」

フートシュナイダーはそう記録し、鏡張りのガラス板の背後で技術的な仕事に従事する見えない人間たちに合図を送る。

「そういえば、あのギロチンのくだり、気に入りましたよ」クラーマーが言う。「殺せ、さもなくば沈黙せよ、っていうあれです。追悼文で引用させてもらいます。どんな気分ですか？」

「いい気分」ミーアは言う。「モーリッツの匂いがする」

「〈メトーデ〉の名において」フートシュナイダーが言う。

機械の蓋がゆっくりと閉じていく。ミーアは最後に煙草をもう一度吸い込むと、クラーマーに手渡す。

「それじゃ、亡命してくる」小声で言う。

蓋が閉まる。ミーアの身体は、足を除いて見えなくなる。シューッと音を立てながら、冷たい霧が機械の隙間から漏れ出す。クラーマーとフートシュナイダーは機械から離れ、適切な距離を取って経過を見守る。

終わりにふさわしい瞬間。終わりにふさわしい文章。おまけに、この数週間、数か月で最も平穏な瞬間。ところが、そのときドアがバタンと開かれ、興奮した面持ちのベル検事が息せき切って駆け込んでくる。両手には、丸められて古めかしく封印された一枚の紙が握られている。

「執行を」息を弾ませながら、ベルは言う。「執行を中断してください」

「止めろ！」フートシュナイダーが怒鳴る。

すぐにシューッという音が停まり、冷たい霧が空気に溶けていく。

「ああ、〈メトーデ〉に感謝を《メトーデ・ザイ・ダンク》〔ドイツ語で「よかった！」を表す「ゴット・ザイ・ダンク」すなわち「神に感謝を」をもじっている〕」ベルが言う。「文字どおり最後の瞬間に間に合った」

「なにがあったんです？」

フートシュナイダーは、ベルの手から紙を奪い取らんばかりにピリピリしている。ベル検事が封印を解くあいだ、クラーマーは腕を組んだいつもの姿勢で、満足げに微笑みながら壁にもたれている。

「メトーデ評議会議長は」と、ベル検事が読み上げる。「弁護側の申請と最高機関の要請により、受刑者の恩赦を決定する」

カチリという音がして、機械の蓋が開錠される。

「なんと素晴らしい」クラーマーがミーアに言う。「あなたは助かりましたよ」

受刑者ミーアは、なんとか身体を起こす。

「なに？」抑揚のない声でそう訊く。

ミーアの呆然とした表情を見たクラーマーが、楽しげに笑い出す。笑いすぎて、息ができなくなるほどだ。

「ちょっと待ってください」怒ったフートシュナイダーが話しかける。「私にはどういうことだか……」

笑いが止まらないクラーマーには、ミーアを指さすことしかできない。「受刑者を見てごらんなさい！」なんとかそう言葉を絞り出す。「この唖然とした目！〈メトーデ〉によって殉教者にしてもらえると、本気で思っていたんですよ！　いやいや、不安を抱えた大衆にカルト崇拝の対象となる人物を投げ与えたりするのは、無能な権力者だけです。ナザレのイエス、ジャンヌ・ダルク――死は個人を不死の存在にし、抵抗勢力の力を強めます。あなたがそんな運命をたどることはありませんよ、ホルさん。さあ、立って。着替えをして、家に帰りなさい。あなたは……」再び笑いの発作がクラーマーをとらえる。「自由です！」

「うそ」ミーアは言う。

徐々に事情を理解したベル検事の顔に、大きな笑みが広がる。

「もうたくさんだ」フートシュナイダーが怒りの目でクラーマーを睨みつける。一方のクラーマーは、笑いすぎで滲んだ涙をぬぐうと、ようやく落ち着きを取り戻す。

「うそ！」ミーアは叫ぶ。「そんなことさせない！　あんたたちは、このまま私を閉じ込めておかなきゃだめ！　あんたたちは私にそれだけの借りがある！」

「専門家による心理的サポート」ベルがフートシュナイダーに言う。「監督官を付けること。社会復帰支援施設への入所。医療面での監視。日常のトレーニング」

「私のほうで手配しましょう」フートシュナイダーが言う。

「信頼構築のための処置。政治教育。メトーデ理論」

延々と話しながら、ふたりの男は部屋を出ていく。クラーマーもまた、ドアノブに手をかける。そして煙草ケースとライターをミーアに投げてよこす。

「どうぞお元気で、ホルさん」クラーマーは言う。

ミーアはひとり取り残される。首を振る。

いま初めて、ミーアは――いま初めて、ゲームは――いま初めて、本当にすべては、終わったのだ。

訳者あとがき

二十一世紀の半ば、おそらくドイツと思われる国では、市民の健康維持と促進を基盤とする〈メトーデ〉という体制が敷かれている。〈メトーデ〉とは君主制から民主主義にいたる世界史上のあらゆる政治体制の最終地点に位置する究極のシステムであり、科学に基づいているがゆえに無謬であるとされている。また身体とその健康をすべての価値の基準とするため、従来の宗教を乗り越え、代替するものでもある。このシステムのもとに生まれた人間は、病気や身体的痛みの経験がない。一方で町は無菌状態に保たれて、ウイルスや細菌を拾う可能性のある自然地帯には立ち入り禁止、市民の栄養摂取や睡眠、運動量にいたるまでが国家によって管理されている。市民はみな上腕に医療履歴や健康状態を記録したチップを埋め込まれており、煙草やアルコールはもちろんのこと、コーヒーやお茶も禁止だ。

本書『メトーデ』は、健康であることがもはや市民の権利ではなく、義務となった世界を描く近未来サスペンスだ。物語の主人公は三十四歳の女性で生物学者のミーア・ホル。国家に対する睡眠報告、運動量報告、尿検査などを怠ったとして、裁判所から呼び出しを受ける。初の違反だったため、裁判官のゾフィは軽い口頭注意で済ませるつもりだった。ところが、『国家の正当性の原則としての健康』という本の著者で〈メトーデ〉体制を象徴する人物であるハインリヒ・クラーマーは、ミーアがモーリッツ・ホルの姉であることに気づき、危機感を抱く。

ミーアの弟モーリッツ・ホルは先ごろ、ブラインド・デートの相手を強姦、殺害したとして有罪判決を受け、刑務所で自殺していた。生前のモーリッツは、ＤＮＡ検査をはじめとするあらゆる科学捜査の結果が彼の有罪を示しているにもかかわらず、一貫して無実を主張し続けた。それは科学的証拠のみに重きを置く〈メトーデ〉に公然と反旗を翻す行為だった。さらに〈メトーデ〉のもとでは自殺も犯罪であるため、モーリッツ・ホル事件は二重の意味で体制に対する一個人の抵抗として大スキャンダルになったのだった。

ミーアは弟モーリッツの無実を信じている。弟は〈メトーデ〉を批判する変わり者の一匹狼ではあったものの、決して人殺しではなかった。だが一方で弟の有罪は科学的に疑問の余地なく証明されている。〈メトーデ〉のもとに生まれ、体制を疑ったことのなかったミーアはジレンマに悩み、報告義務違反に加えて喫煙の罪まで犯して、ついに裁判にかけられる。そこにローゼントレーターという弁護士がミーアの弁護を買ってでて、事態は思わぬ方向へと転がり始める――

心身の健康が人間の究極の幸福として絶対視される。科学は無謬の正義として宗教化される。そしてそれらの価値観を基盤として、個人の身体と心に対する責任と権利が国家に委ねられ、国家が市民を監視、管理する全体主義社会が構築される。

一見すると、まるで二〇二〇年以降新型コロナウイルス対策を通して市民の管理、監視を強めた社会を批判する小説のようだ。ところが、本書が刊行されたのはなんと二〇〇九年、コロナより十年以上前である。刊行当時、ジョージ・オーウェルの名高いディストピア小説『一九八四年』の二十一世紀版と評されベストセラーとなった本書は、二〇二〇年以降、当然ながら再び注目を集め、今日にいたるまでベストセラーだ。

コロナ社会を経た後のいま読むと、本書で描かれる世界とコロナ禍における現実のドイツ社会とのあまりの相似に、驚きを超えてそら恐ろしくさえなる。著者には未来が見えていたのかと思うほどだ。まずはマスクの着用、建物や身体の消毒などの具体的な一致が目を引く。(ちなみに、マスクを着用させられているのが囚人であったり、裁判所で檻に入れられた被告ミーアにだけ消毒液が噴きかけられるといった細部も興味深い。)

だが、パートナー仲介センターだとか腕に埋め込まれたチップといった一見荒唐無稽な描写も、フィクションだと一蹴してしまうわけにはいかない。それらの基盤となる思想には、現実社会との共通点があるからだ。弟を失った痛みは個人的な問題だというミーアの主張に対して、裁判官ゾフィは、個人が病気になれば社会に負担がかかるのだから、健康維持は個人の義務であり、国家の責任であると説く。市民の健康に「個人的な問題」など入る余地はないのだと。

コロナ禍における現実のドイツでは、「2G」と呼ばれる、ワクチン非接種者を社会生活から締め出す政策が実際に導入され、非接種者は店、図書館、スポーツ施設などに入れず、美容室に行くこともホテルに泊まることも許されない状態が数か月間続いた。学校のクラブ活動や課外旅行からも、一部の大学では対面での講義からも、非接種の生徒、学生は締め出された。政策には法的拘束力があり、警察が店や大学をまわってワクチンパスポートを検査していた。職場に行くにも公共交通機関を使うにも、非接種者だけが毎日事前にコロナ検査を求められたほか、「濃厚接触者」として隔離される非接種者にはその間の給料が支払われなかった。メディアでは連日、非接種者がいかに社会にとって危険で有害な存在かを、政治家や科学者、ジャーナリストや芸能人が競うように語っていた。ある著名人はＳＮＳで「非接種者は社会という総体の盲腸であり、本質的に必要ない存在だ」と公言した。この発言や、その他無数の類似の発言の根底にある価値観は、本書『メトーデ』で裁判官が語るそれと同じものだ。ちなみにこの「盲腸」発言は民主主義と自由の擁護派を自認するリベラル左派の人物によるものだが、皮肉にも第二次大戦時にアウシュヴィッツ等の収容所付き医師だったフリッツ・クラインの「ユダヤ人は人類の盲腸」という言葉に酷似している。そんな2Ｇ期間を現地で過ごした私は、まさにＳＦの世界に迷い込んでしまったかのように感じていたものだ。当時のドイツは本書『メトーデ』で描かれる社会からそれほど隔たってはいなかった。

二〇〇九年に著者が本書を執筆した動機は、国家による個人の管理、監視の強化とそれを自ら求める社会の風潮に対する危機感だった。コロナ社会の萌芽はすでに十年以上前にあったのだと、改めて気づかされる。社会が発するシグナル、向かいつつある方向を敏感に察知した著者の慧眼には感服するばかりだ。

著者ユーリ・ツェーは現在のドイツで最も高い人気と実力を誇る作家のひとりだ。一九七四年、旧西ドイツのボンに生まれた。二〇〇一年、デビュー作『*Adler und Engel*（鷲と天使）』が三十五か国語に翻訳される大成功をおさめ、一躍人気小説家となった。その後二〇〇四年『*Spieltrieb*（ゲームへの衝動）』、二〇〇七年『シルフ警視と宇宙の謎』（早川書房、二〇〇九年）、そして二〇〇九年の本書『メトーデ』と、エンターテインメント性、文学性、社会性を兼ね備えた骨太な作品を次々に発表、各作品がどれも前作を超えるベストセラーとなるという快挙を成し遂げ、人気作家としての地位を不動のものとした。

近年では、旧東ドイツののどかな村で生じた事件を通じて、地元民と都会からの移住民との齟齬など現代ドイツのリアルな現実を描いた『*Unterleuten*（ウンターロイテン）』（二〇一六年）と、やはり旧東ドイツの田舎で、コロナ政策を背景に都会で行われる政治が決める「正しさ」からこぼれ落ちた人々を描き出した『人間の彼方』（二〇二一年、邦訳は二〇二三年、東宣出版）が、どちらも社会現象とさえ呼べるほどの大ベストセラーとなった。最新作はジーモン・ウルバンとの共著『*Zwischen Welten*（世界のはざまで）』（二〇二三年）。都会でリベラル左派ジャーナリストとして働く男と、地方で農場を営む女。大学卒業から二十年後に再会した元親友ふたりは、互いに相いれないまったく別の世界に生きていた——この小説でも著者ふたりは現代ドイツ社会に走る深い亀裂を描き出し、文学界の枠を超えた大きな反響を呼び起こしている。

ユーリ・ツェーはまた法学博士号を持つ現役の法律家でもあり、コロナ禍では、ロックダウンなど政府の感染対策への批判がひとくくりに「反科学」の烙印を押され、「科学を信頼せよ」の号令のもとで議論自体が抑圧されることを、民主主義の原則を歪めるとして一貫して批判し続けた。ドイツでは作家はその政治的見解を公にする機会が多いが、当時は知識人、文化人、メディアの多数派が政策を支持しており、批判はポリティカル・コレクトネスから外れる行為とみなされることが多かった。反ポリコレ的言動が即「陰謀論」「極右」とレッテルを貼られて非難や嘲笑を受ける傾向の強い昨今のドイツの情勢を考えれば、世間で正しいとされる趨勢に批判の声を上げるのは、勇気のいる行動だったはずだ。

とはいえ、作家としてのユーリ・ツェーは、決して自らの作品をなんらかの政治的見解のパンフレットにすることはない。インタビューなどで「この小説であなたは読者になにを伝えたいのですか」と問われると、ツェーは常に「なにも」と答える。作品をどう読むかは読者それぞれの自由であり、作者としてはとにかく楽しんでもらいたいと。

日本の読者にもこの小説を存分に楽しんでいただくために、ユーリ・ツェーが本書に仕込んだトリビアや、ドイツ語の原書の読者なら「なるほど」となる、いくつかの語の複数のニュアンスなど、少々説明を加えたい。

本書ではミーアの裁判は中世の魔女狩りを想起させるものとして描かれるが、実はミーア・ホルという名前も、中世ドイツで魔女裁判にかけられた実在の女性マリア・ホルに由来する。周囲に妬まれて魔女だと密告されたというマリア・ホルは、六十二回にわたる拷問を耐え抜き最後まで自白せず、その結果無罪となり釈放された。「魔女裁判の被告は、拷問に耐えきったら釈放された」というミーアの言葉は、このマリア・ホルを示唆するものだ。

そしてハインリヒ・クラーマーもまた実在の異端審問官の名前だ。十五世紀のドミニコ会士であったクラーマーは、拷問や記録の改ざんといった強引な手段で、魔女だとされた人たちに有罪判決を下し、処刑していったが、やがて社会のあらゆる階層からの反発が高まり、任を解かれた。クラーマーの著書『魔女の槌』は、魔女裁判における法的手続きや知見をまとめたいわば「魔女裁判ハンドブック」であり、裁判官たちの手引書として使われた。

クラーマーのシステマティックな魔女裁判の手法は、「悪魔が魔女の一団を率いて世界を滅亡に導こうとしている」という恐怖のシナリオで魔女への憎しみと危機感をあおり、同時に民衆のあいだに不信の種をまいて密告を奨励するというものだったという。本書の登場人物であるハインリヒ・クラーマーもまた、大衆に向かって「反メトーデ主義者」を危険な敵と認定し、彼らは「我々に戦争をしかけている」のであり、「我々はそれに戦争で応える」と断言する。「我々」と対立する存在としての「敵」を作り出して、大衆の恐怖と憎悪をそこへと向かわせる手法は、体制側が権力を維持するために使う常套手段だ。そういえば、オーウェルの『一九八四年』を私が初めて読んだとき、最も印象に残ったのが、敵とされている国や人物への憎悪を皆がスクリーンに向かって表現する「二分間憎悪」という日課の場面だった。

さて、本書の原題はCorpus Delicti（コルプス・デリクティ）。ラテン語で、「コルプス」は「体、物体」、「デリクティ」は「罪」。ドイツでは「物的証拠」「凶器」を意味する法律用語として現在も使われている。ミーアは自らの体《コルプス》を凶器《コルプス・デリクティ》にして〈メトーデ〉に向かっていくのだ。

また、小説中で皆が読んでいる新聞の名「健康的人間理性　Der gesunde Menschenverstand」は、ドイツ語では一般的に「常識」の意味で使われる。突拍子もないことを言う人に「常識で考えてみなよ」と返したりする。つまり「健康的人間理性」紙は世間の「常識」を規定する新聞でもあるのだ。

本書では固有名詞として使われている「メトーデ　Methode」は、本来「方法」「手段」といった意味のドイツ語の一般名詞。そして物語終盤で検察官ベルが発する「メトーデに感謝を　Methode sei Dank」という言葉は「神に感謝を　Gott sei Dank」をもじったものだ。後者は「助かった」「ありがたい」「よかった」というような意味で日常的に使われる言い回しで、「傘を持ってきてよかった」というように、世俗的で月並みな場面で、特に神を意識するわけでもなく誰もが頻発する。神が〈メトーデ〉に置き換わった物語のなかの世界では、そんな場面ですら「神」という言葉は使われないというわけだ。

ミーアと「同居」していて、ミーアにしか見えない「想像上の恋人　Die ideale Geliebte」は、訳すのに悩んだ言葉のひとつだ。ideal という語には「想像上の」「観念的な」という意味のほかに「理想の」という意味もある。また、「恋人」と訳した Geliebte という語には「彼女」や「伴侶」のみならず肉体関係を連想させる「愛人」のニュアンスもある。〈メトーデ〉に縛られない自由な人間として性行為に生殖以上の意義を見ていたモーリッツの「想像上の恋人」は、「理想の愛人」でもあったのだろう。

個人の身体に対する責任と権利は個人にあるのか、それとも身体は国家が社会という全体のために管理するべきものなのか。病を得ることは、社会に負担をかける「罪」なのか。社会から病と死を徹底的に排除した後、個人の生にはどんな意味が残るのか。二〇〇九年から十五年後の世界に切実な問いを投げかける本書だが、同時に緊張感あふれるサスペンス小説であり、最後の場面まで驚きの連続でぐんぐん引き込まれる、まぎれもないエンターテインメントでもある。訳者としても、ここであれこれ書き連ねはしたものの、日本の読者が本書をなにより「面白い小説」として楽しんでくだされば、これにまさる喜びはない。

最後に、解釈上の疑問点に迅速に、丁寧に答えてくださった著者のユーリ・ツェーさん、本書の翻訳出版を実現させてくださり、支えてくださった河出書房新社の竹下純子さんに、厚くお礼申し上げたい。また、竹下さんとの橋渡し役を担ってくださったのは、約二十年前にまだ翻訳家としてほとんど実績のない私が持ち込んだウーヴェ・ティム著『カレーソーセージをめぐるレーナの物語』を出版に導いてくださった木村由美子さんだ。彼女にもまた大きな感謝を捧げたい。

二〇二四年二月

浅井晶子

著者略歴
ユーリ・ツェー（Juli Zeh）
1974年、旧西ドイツのボン生まれ。2001年、デビュー作『鷲と天使』が35か国語に翻訳される大成功をおさめ、現在ドイツで最も高い人気と実力を誇る作家のひとり。著書に『人間の彼方』（東宣出版）、『シルフ警視と宇宙の謎』（早川書房）、『*Unterleuten*（ウンターロイテン）』『*Spieltrieb*（ゲームへの衝動）』などがある。国際法の分野で博士号を持つ現役の法曹家でもある。

訳者略歴
浅井晶子（あさい・しょうこ）
1973年、大阪府生まれ。京都大学大学院博士課程単位認定退学。訳書にR・ゼーターラー『ある一生』『野原』、J・W・タシュラー『国語教師』『誕生日パーティー』、C・リンク『誘拐犯』『裏切り』『失踪者』など多数。J・エルペンベック『行く、行った、行ってしまった』で2021年度日本翻訳家協会賞翻訳特別賞受賞。

メトーデ　健康監視国家

2024年７月20日　初版印刷
2024年７月30日　初版発行

著者　ユーリ・ツェー
訳者　浅井晶子
装画　六角堂 DADA
装幀　川名潤
発行者　小野寺優
発行所　株式会社河出書房新社
〒162-8544　東京都新宿区東五軒町2-13
電話　03-3404-1201（営業）　03-3404-8611（編集）
https://www.kawade.co.jp/
組版　株式会社創都
印刷　精文堂印刷株式会社
製本　大口製本印刷株式会社

Printed in Japan　ISBN978-4-309-20910-4